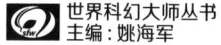
世界科幻大师丛书
主编：姚海军

MEMOIRS OF A SPACE TRAVELER

太空旅行者的回忆录

[波兰] 斯坦尼斯瓦夫·莱姆 著

王 爽 译

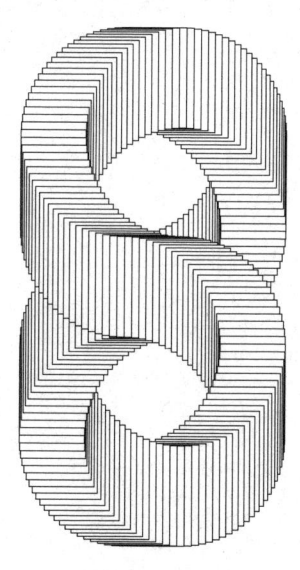

四川科学技术出版社

MEMOIRS OF A SPACE TRAVELLER By STANISŁAW LEM

Copyright: © 1971 by STANISŁAW LEM

This edition arranged with TOMASZ LEM

Simplified Chinese edition copyright：2022 SCIENCE FICTION WORLD

All rights reserved.

图书在版编目(CIP)数据

太空旅行者的回忆录 / [波]斯坦尼斯瓦夫·莱姆 著； 王 爽 译.
-- 成都：四川科学技术出版社，2022.1

（世界科幻大师丛书 / 姚海军 主编）

书名原文：Memoirs of a Space Traveller

ISBN 978-7-5727-0465-9

Ⅰ.①太… Ⅱ.①斯…②王… Ⅲ.①幻想小说－波兰－现代

Ⅳ.①I513.45

中国版本图书馆CIP数据核字(2022)第017305号

图进字：21-2021-53号

世界科幻大师丛书

太空旅行者的回忆录

出 品 人	程佳月	
丛书主编	姚海军	
著 者	[波]斯坦尼斯瓦夫·莱姆	
译 者	王 爽	
责任编辑	宋 齐 姚海军	
特约编辑	孔祥樨	
封面设计	甄沛佳	
版面设计	甄沛佳	
责任出版	欧晓春	
出 版	四川科学技术出版社	
	四川省成都市槐树街2号出版大厦 邮政编码:610031	
开 本	140mm×203mm	
印 张	7.25	
字 数	110千	
插 页	2	
印 刷	四川南方印务有限公司	
版 次	2022年3月成都第一版	
印 次	2022年3月成都第一次印刷	
定 价	36.00元	

ISBN 978-7-5727-0465-9

致华语读者

2021年波兰"斯坦尼斯瓦夫·莱姆年"暨莱姆诞辰100周年

　　为什么会有莱姆这样的人呢？毋庸置疑，他的文学才华和智慧令他成为二十世纪波兰最杰出的作家之一，甚至也是最杰出的科幻小说家；但除此之外，他戏剧般的人生也成就了这位奇才。1939年，第二次世界大战的爆发残酷地摧折了他的青春。有着犹太家庭背景的他，被迫隐姓埋名，改变身份，做起了焊工。1945年后，当发现家里已无以为继的时候，他正式踏上了写作的道路。正是在战后的1946年至1949年间，莱姆发表了他人生中的第一部作品。

　　斯坦尼斯瓦夫·莱姆曾在雅盖隆大学学习医学。尽管没有完成学业，但在与教授和同学的对话中，莱姆提出了最重要的问题，这些问题伴随在他今后的作品当中：人与机器的边界在哪里？人可以"从原子中"构建出来吗？人工智能时代的道德标准究竟在哪里？

莱姆在二十世纪六七十年代所做出的各种预测和直觉判断已成为当代现实生活的一部分。然而,他的作品最发人深省的并非是物质与技术层面的想象,而是道德层面上的深刻思考。人的创造力能够达到何种地步?机器的权限又能达到何种程度?在一个机器和人类共同存在的世界里,道德的标杆将会是怎样的?这些都是我们在当今文明技术发展的同时要去寻找的答案。

莱姆怀着好奇和从容之心看待未来。作为一名卓越的未来学家,他能够猜想到在不久的将来,等待人类的是什么。这也是他的作品值得一再回味的原因。许多作品尽管写作于几十年前,但在今时今日依然能凸显出它们的时代前瞻性。

赛熙军

(Wojciech Zajączkowski)

波兰共和国驻华大使

2021年3月9日于北京

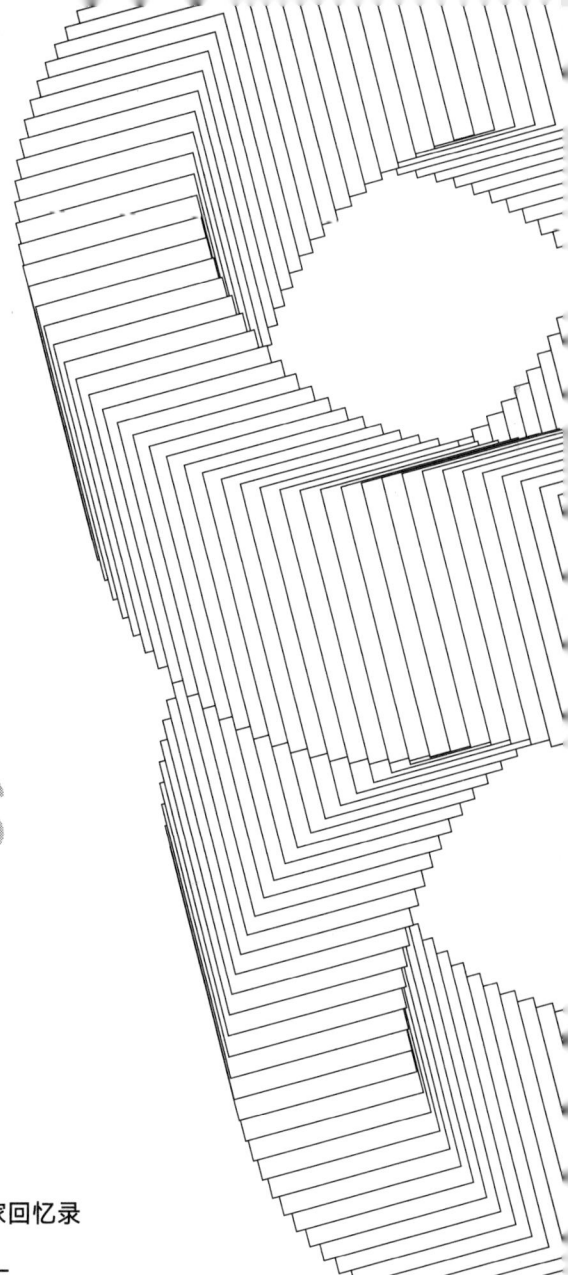

CONTENTS
目 录

A. 冬达教授①

　　我这会儿正在将这些文字刻在我洞穴门口的泥板上。我曾经一直很好奇巴比伦人是怎么做到的，却从没想过有一天自己要亲自尝试。巴比伦人的泥巴肯定更好用，或者楔形文字更适合在泥巴上书写。

　　我的这些泥巴总是不断碎裂，但是用泥巴总比用石灰石在石板上刻字好，因为我真的很受不了刮擦的噪声。我再也不说古代技术低级了。教授在离开前，曾看见我拼命努力摩擦生火，结果毁掉了一个开罐头器、我们最后剩的一点儿文件、一把折刀、一把剪刀，他说四十年前，大英博物馆的一个助教汤普金斯

_____

① 本篇英文版由安东尼娅·劳埃德-琼斯译自波兰语。——如无特殊说明，书中脚注均为编注。

1

想凿一块燧石，做个石器时代常见的那种普通刮刀，可是他凿得手腕脱臼，中途还弄坏了眼镜，最终也没能做出一个刮刀。教授对我们蔑视穴居人祖先的那种居高临下的态度进行了一番评论。他说的都很对。我的新住所不能待了，垫子发霉腐烂，鬼知道为什么一个病恹恹的老猩猩从林子里跑出来鸠占鹊巢，搞得我们不得不离开地洞，那个地洞其实真是个不错的住处。教授坚持认为大猩猩没有赶我们走。这倒是真的，因为猩猩没表现出任何攻击性，但我还是不愿意跟它共处一室——因为这猩猩还玩手榴弹，我真的很害怕。也许我该把猩猩赶出去——它害怕装螃蟹汤的红罐头，我们有很多红罐头，但是它又不够害怕。总之公开承认自己是个巫医的马拉默图说，那只猩猩体内装着他表亲的灵魂，不让人做任何惊扰它的事情。我保证绝不去动那只猩猩，而教授一如既往的刁钻，他说我克制自己并不是因为那是马拉默图的表亲，而是因为猩猩虽然状态不佳，但终究还是猩猩。我无法接受失去地洞的事实，那个地洞曾经是固伦杜瓦于和蓝布里亚之间边境堡垒的一部分，而现在呢，士兵都逃跑了，猩猩又把我们赶了出来。我依然很注意周围的声音，因为它玩手榴弹是不会有好下场的，但是和往常一样，我只听见那畜生吃得太多发出的哼哼声,还有一只黑眼圈的狒狒发出的声音。马拉默图说那只狒狒可不一般,但这些废话我暂且不表,要不永远说不到正经事。

一部好的编年史应有日期。我知道雨季结束后,世界末日就到了。距末日已经过了好几个星期,我却不记得确切日子,都怪那只猩猩把我的日记本抢走了,在那本子里,我把所有重大事件都记下来了,用的是螃蟹汤,因为圆珠笔用完了。

教授坚称这根本不是世界末日,只是一个文明的终结。我承认他是对的,因为你不该用个人的不适感受来评估这类事故。教授一直说,没有任何可怕的事情发生,他还让我和马拉默图唱歌,但是等到他的烟抽完了之后,他就没这么幽默了,他尝试用椰子纤维代替烟丝,但是尝试失败,于是他决定去寻找新鲜烟草,其实他也该明白,眼下不该外出探险。我不知道今后还能不能见到他。这也是为什么我更有理由向后世重建文明的人们介绍这位伟大的科学家。在世界末日观察这个时代最杰出的人物,这成了我的职责,说不定冬达教授会成为其中最知名的一位,谁说得准呢?但首先我要解释一下,我是如何来到这片现已成蛮荒之地的非洲雨林的。

　　我在星际航行学领域的成就给我带来了巨大的声誉，很多机构、组织甚至个人都带着邀约来找我，称我为"教授""学会成员"，或者至少也是"博士后"。这就带来一个问题，我并不中意以上任何一个头衔，也无法忍受那些头顶虚假荣誉的人。塔朗托加教授总说，公众不喜欢我名字前头空着，所以他未经我同意就去找了他那些地位很高的朋友，于是不出一天时间，我就成了食物农业组织的非洲全权代表。我接受了这个职位，随之附赠的还有一个专家顾问头衔，这本该是个纯粹的名誉职位，但随后食物农业组织在蓝布里亚建了一个罐装椰子工厂，蓝布里亚是个以光速从石器时代进化到集成电路时代的共和国。作为组织的全权代表，我要去主持开工仪式。结果坏事就来了，首席工程师阿芒德·德·卜勒本来是要代表联合国教科文组织陪我一同出席仪式的，结果他在法国大使馆的茶会上弄丢了夹鼻眼镜，并把一只胡乱游荡的鬣狗误认成宠物狗，想去摸它，结果鬣狗狠狠地咬了他。要知道鬣狗牙齿上是带有尸碱的，但这位勇敢的法国人根本不在乎，结果三天前他去世了。

　　接着，蓝布里亚那边的议会中传出一个谣言，说那鬣狗是被一个巫医操纵着的恶灵附身了。巫医有可能是宗教派别与公众教育部的大臣,据说法国大使馆曾宣称他的巫术无效。大使馆官方没有否定这个说法。状况就这样变得微妙起来,而且由于在外交礼节方面缺乏经验,蓝布里亚没有悄悄安排将尸体送回家;相反,他们的政治家认为这是个在国际舞台上展示自己的绝佳机会。战争大臣马哈布图将军举办了一场纪念性的鸡尾酒会,和其他的鸡尾酒会一样,客人们拿着酒杯高谈阔论,但什么事都不做。不记得是什么时候,我被欧洲事务部主管巴马图乎上校拉住了,交谈时我说,在我们的社会中,高级官员的尸体有时候确实是被装在金属焊接的棺材里下葬的。我根本没想到这个问题跟最近去世的那个法国人有关,更没有想到在蓝布里亚人看来,以现代的方法用工业设施处置尸体没什么不妥,而他们那边的工厂只生产一升装的罐头。最后死者被装在箱子里,由法国航空公司的飞机运回了家,那个箱子外面还有椰子的广告;但这还不是纠纷的起因,重点在于,箱子里有九十六个锡制罐头。

然后我就被指责没能预料到事态发展,但我怎么料得到呢?那个箱子已经被钉死了,还盖上了法国国旗呢。但所有人都批评我,说我为什么不起草一份备忘录去给蓝布里亚官员解释,我们认为将死者制成罐头是不恰当的。马哈布图将军将一棵藤蔓植物送到我的酒店,但我却不知道拿这棵植物怎么办。后来我才从冬达教授处得知,此举是暗示他们希望看到我被绞死。不过教授这个解答其实来得太迟了点儿,因为就在此时,有人派出一支射击队来对我执行死刑,由于语言不通,我还以为是来守护我的卫兵。要不是冬达教授,我根本就不可能在这里写这个故事。在欧洲的时候,人们警告我说要远离冬达教授,因为他是个厚颜无耻的骗子,把自己说成亲切的长者,专骗轻信他人的天真年轻人——因为他无耻地把巫医的鬼把戏硬说成是理论科学,并且在自己就职的大学里讲授。听了这些流言,我也把教授当作骗子无赖,并且在公务接待的时候一直跟他保持距离,而他待我却一直很亲切。法国总领事的住处离我的酒店最近(我跟英国大使馆之间隔着一条满是鳄鱼的河流),我只穿了一身睡衣逃到他那里,但他拒绝收留我。他罗列了我最近制造的事端,说我伤害了法国利益。我们透过猫眼进行这番对话的时候,我还能听见背后传来的枪声——行刑队已经忙着在酒店后面开火了。我转过身去,开始想到底该怎么办——是直接被处死,还是穿过鳄鱼群游到河对岸——我当时就站在河边。突然教授划着独木舟过来了,船上堆放着行李。我坐在行李箱上,教授递给我一支桨,然后跟我说,他和库拉哈利大学的合同终止了,现在要划船去邻国固伦杜瓦于,他应邀去那里担任消动核学教授。如此突然地换了个学校让我感觉有点儿奇怪,但是我当时也没工夫想这些了。

也不知道他是不是特意要找个划船的人,总之冬达救了我的命。我们在船上待了四天,关系自然亲密起来。我被蚊子叮得快疯了,而他却有驱虫剂,只不过他一直跟我说驱虫剂剩得不多了。考虑到当前情况危急,我也没有记恨。他读过我的书,所以我能给他讲的东西不多,倒是了解了不少他人生的起起落落。虽然他姓冬达,但却不是斯拉夫人,而且其实他本姓也不是冬达。"阿菲达维德"这个名字他用了六年,但其实也不是他的本名:在离开土耳其的时候,官方要求他提供一纸宣誓书,标题拼写出来就像"阿菲达维德",结果他填错了地方。最后他还是拿到了护照、旅行支票、疫苗接种证明、信用卡,以及保险,但所有的名字都写成了"阿菲达维德·冬达",他想了一下,觉得没必要去改名字了,反正叫什么都一样。

冬达教授是一连串错误的结晶。他父亲是个纳瓦霍部落的混血女人，他又有二又二分之一个母亲，其中一位是俄罗斯白人女人，一位是刚刚说的那位肤色褐红的非洲-加勒比混血女人，然后还有艾琳·西伯里小姐，一个教友派信徒，西伯里小姐怀孕七天就生下了他，生产地点是一艘即将沉没的潜水艇，当时情况十分危急。

是冬达父亲的那个女人因为炸掉了绑匪的藏身之处，同时还导致一架泛美航空客机坠毁而被判死刑。她原本是打算往绑匪老巢里丢笑气弹以示警告，并为了这个目的从美国飞往玻利维亚。在过机场安检的时候，她和后面一个日本人相互拿错了行李，结果绑匪的那个据点就真被炸掉了，因为那个日本人带着一枚真炸弹，准备去炸另外的什么目标，而这个混血女人的行李被错带上了另一架飞机——这又是另一个疏忽，因为机场工作人员罢工所导致——飞机起飞后很快就坠毁了。肯定是因为飞行员笑得太厉害了，没办法控制飞机，毕竟大家都知道，喷气式飞机是不通风的。结果那个倒霉的女人就被判了死刑，在所有人看来，她都没机会生孩子了，但是要知道，我们毕竟生活在科学的时代。

那时，哈利·彭博纳克教授正在玻利维亚研究犯罪遗传学。

他用一个简单的办法收集犯罪分子的体细胞——每个囚犯都必须舔一下显微镜的载玻片,这样上面就能沾到不少黏膜细胞。当时,在同个实验室里还有个美国科学家,这位尤格诺特博士用人工手段使人类卵子受精。不知怎么回事,彭博纳克的载玻片跟尤格诺特的东西混在了一起,而且被当作人类精子储存在了冰箱里。结果那个混血女人的舌上皮细胞让一个身为移民后代的俄罗斯白人女性捐赠的卵细胞受精了。这就是为什么我将那位混血女子称为冬达的父亲。卵子来自女性,那么产生出能让卵子受精的细胞的人自然就是父亲了。

到最后一刻,彭博纳克的助手发现了这件事,于是冲进实验室喊道:"篓子捅大了!"但是他声音很模糊,加上美国口音听起来跟"冬达"似的,等后来填写出生证明的时候,有人想起这件事,就给他取姓为冬达——至少二十年后人家是这样跟教授说的。

总之也不可能取消受精了,彭博纳克就把那个卵子放进培养器里,一般来说,胚胎能在试管里发育两周,然后就会死亡。但是这一次运气很好。当时,在经历一系列诉讼之后,美国反体外发育联盟获得了胜利,实验室里所有的卵子都被法警没收,随后媒体在报道中征集有爱心的女性，请她们担任"受精卵携带者"。不少女性都前去应征，其中也包括那位混血女子，她同意将胚胎怀到足月，殊不知，没过四个月她就被卷入一起食盐仓库袭击事件，那仓库是"面美味"公司的财产。那位女子恰好是环境运动组织的成员，反对在马萨诸塞州建造核设施。这个组织的头领不满足于仅喊口号，而是决定彻底破坏那个仓库，因为通过电解方法就能从盐中分离出钠，钠可以用作核反应堆的热交换剂，进而可以为涡轮机和发电机械提供能量。其实，即将在马萨诸塞州修建的那个反应堆根本不使用金属钠，因为建的是个快速中子反应堆，使用的也是全新的交换剂，而生产这种交换剂的厂家位于俄勒冈，名字叫混合制剂公司，而且环保组织破坏的那种盐也不是烹调用的，而是用来做化肥的钾盐。对那个混血女人的审判换了好几个法庭，对她的所作所为有两种不同的描述——一种是检方的说法，一种是辩方的说法。检方说，他们这算袭击了联邦政府设施，而且他们是有计划地蓄意破坏，实施过程中不存在搞错了的情况。而辩方则认为，化肥业只受到了很小的损失，何况它原本就发霉了，再说那厂家是私有财产，因此应该在基层法院而非联邦法院审理。总之不管怎样，她只能在牢里生孩子了。那个女人不希望孩子生来就是这个命运，于是宣布自己不再担任这个孩子的母亲，并且得到了一个慈善家的支持，也就是那个姓西伯里的教友派信徒。在怀孕第六天的时候，西伯里小姐去迪士尼乐园玩，她乘坐潜水艇去游览超级水族馆，潜水艇却坏了，虽然最终没酿成大事故，但是西伯里小姐却因为受到惊吓而流产。不过，那个早产儿还是得救了。由于西伯里小姐只怀孕了七天，很难被认为是个真正的母亲——只能算是部分的母亲。然后两大侦探事务所展开了联合调查，想搞清楚相关不动产事务，以及冬达父母的谱系等。科学的进步已经摧毁了罗马法中"谁分娩谁为母"的古老原则。在这里我要补充一句，教授本人为男性这点真是很神秘，理论上来说，两个卵子结合应该只能生出女性。教授出生过程中为什么会混入男性染色体，此事真是太神秘了。不过有个从平克顿实验室退休的雇员当时正在蓝布里亚进行狩猎之旅，那人跟我说，冬达的性别根本不是什么未解之谜，因为彭博纳克实验室第三组的显微镜载玻片都是让青蛙舔的。

教授的童年是在墨西哥度过的，然后他加入了土耳其国籍，信仰也从天主教改成了佛教，随后他同时从三个学院毕业，最终去了蓝布里亚,成了库拉哈利大学的消动核学教授。

他真正的工作是设计肉鸡加工厂,但是他改信了佛教后,就实在无法继续容忍鸡在工厂里受到非人的折磨了。那些鸡不是生活在农场里,而是生活在塑料网里;无法晒太阳,只能照石英灯;没有母鸡照料,只有无情的电脑管理;没办法自由吃食,只靠压力泵往它们的胃里填食,填的还是浮游生物和鱼粉做的糊糊。

人们还强行给鸡播放音乐,还非要播放瓦格纳的音乐,因为这种音乐能令所有活物恐慌。鸡会不断地扑打翅膀,这样就能让鸡胸肉长得好,这是烹饪中最看重的部分。可能瓦格纳就是那最后一根稻草。教授还说,这些悲惨的家禽长大后,就会被送上传送带,它们被固定在上面一路送走,根本没有机会看一眼蓝天,也没有机会啄一口沙子,就直接被砍头、过水、装进罐头了。不知为何"罐装"这个主题总是反反复复回荡在我的脑海中。

所以当教授还在伊斯坦布尔的时候,他收到一封电报,里头说:"你是否愿意在库拉哈利大学担任消动核学教授,年薪一万美元,请尽快回复。德鲁福图将军,蓝布里亚,班布利亚·德蓝布里亚公共安全部门"。他回复表示同意,觉得这样便能搞清楚消动核学是什么了。再说他有三个学位,足够教授任何科学方面的课程。他到了蓝布里亚才发现鲜有人知道德鲁福图将军是谁。他跟别人打听德鲁福图将军，大家都轻轻咳嗽一声掩盖自己的疑惑。由于教授已经签了合同，此时毁约，新政府将不得不付给他三年的薪水，所以他还是得到了这个职位。谁都没有就他的课题问些尴尬的问题，他的学生不多，因为刚发生过政变，监狱里人满为患，显然知道消动核学是什么东西的人多半也在监狱里。冬达在百科全书里认真查阅了一番，但徒劳无功。库拉哈利大学里唯一在科研上帮得上忙的是一台全新的国际商业机器公司的电脑，这是教科文组织送来的礼物。自然，他决定让这个珍贵礼物派上用场。

事实上，使用电脑的决定并没有带来什么进展。冬达又不可能讲赛博控制理论——那是违反合同的。当我们一起划船并且还能勉强区分树干和鳄鱼的时候，他跟我说，最糟糕的是他单独在酒店的那些时候，要花好几个小时思考消动核学。通常来说，要先开始一项新的研究，然后再给它取个名字，然而他现在却是有名字没研究。多年来，他在种种抉择之间犹豫，最终他决定不管了。他意识到"之间"这个词就可以是一个新的学科分支。是时候创造一个跨学科的领域了，该领域就是研究一切的交界点。在他写给欧洲期刊的报告中,这门学科被称为"居间学",他的学生被称为"居间学者"。但是很不幸,冬达教授是凭借消动核学创造者的身份出名的——尽管不是什么好名声。

他本来无法对每一个专业的交界领域进行研究,结果恰好出现了一个机会,让他的目标迅速成了现实。文化部长承诺,涉及该国传统的研究都会得到赞助。冬达利用这个条件获得了很大的好处,因为他决定研究理性主义和非理性主义的交界领域。他很谦逊地开始了研究,从以数学方法施行咒语着手。几个世纪来,蓝布里亚的毫图瓦博图部落一直在使用肖像作为媒介,折磨他们的敌人。他们把敌人的模拟雕像砸成碎片给毛驴吃,要是毛驴噎住了就是好兆头,意味着敌人定会死亡。于是冬达给敌人、毛驴、碎片等东西设置了数学模型,就这样推导出了消动核学的意义。消动核学是英语"消极魔法自动化法则随机核验"的简称。他写了一篇关于消动核学的文章投给英国《自然》期刊,文章发表在"好奇心"栏目中,一位专家对这篇文章的评价极差。《自然》的一位评论员通过一个赛博萨满联系上了冬达,指责他瞎写一气,还质疑他所做的研究,于是他成了骗子——这是个很抽象的结论。冬达觉得自己处境不佳。他不相信魔法,在他的报告中,他也没说自己信魔法,但是又不能公开声明这一点,因为他刚接受了农业大臣交给他的一个项目——改良对抗旱灾和农作物害虫的魔法咒语。他不可能在这个时候跟魔法撇清关系,也不能说自己很了解魔法,基于消动核学的跨学科本质,他找到了一个解决办法。他决定维持这种魔法和科学之间的状态!这一步棋走得看起来是环境所迫,但其实也让他踏上了发现人类历史上最大秘密的旅途。

很不幸,在欧洲缠绕他的恶名现在依然没有退散。蓝布里亚警察能力非常有限,导致当地犯罪率很高,尤其是人身伤害类的犯罪。在世俗化的过程中,部落首领对待自己对手的方式从魔法迫害进化成了实质性迫害,结果每一天,鳄鱼都懒洋洋地趴在河边沙滩上咂吧人的胳膊腿。冬达对这个现象进行了数字化分析,然后他还是写了份报告,这个项目被命名为"非法谋杀归零化之方法论"。出于纯粹的巧合,这个项目的首字母组合读作"木兹姆",意为"圣灵"。于是蓝布里亚出现了一个传闻,说一个强大的巫师在库拉哈利工作,人称"一代宗师"冬达,每一个市民在行动的时候都必须留心他的木兹姆。

接下来的几个月里,犯罪数据确实降了很多。

政客们都很高兴，于是给教授提了各种要求，一会儿请他想办法编个经济学咒语让蓝布里亚的收支平衡，一会儿要他发明一种武器给邻国降下瘟疫和诅咒，因为他们的邻国固伦杜瓦于在国际市场上排挤蓝布里亚的椰子。冬达想回绝这些要求，但是想拒绝却有些困难，因为他的很多博士课程学生都坚信电脑具有魔力。现在大家又有了一种全新的执念，他们不再惦记着椰子了，而是满脑子政治魔法，想让蓝布里亚成为世界第一。当然冬达公开表示过这不是消动核学能做到的，但是这就意味着要重新定义消动核学，使用术语和根本听不明白话的政府官员展开辩论，还完全会是鸡同鸭讲。所以他只能随机应变、灵活应付了。与此同时，又有传闻说冬达的木兹姆能提高劳动生产力，所以财政收支倒是有所改善。他不能说这一改善跟自己无关，因为这样说就等于自绝财路，考虑到他眼下的大计划，绝不能跟钱过不去。

我不知道他什么时候想到这个主意的，他跟我说的时候，一条特别暴力的鳄鱼咬掉了我的桨叶。我用一个石头奖杯狠狠地打它眼睛中间的位置，这个荣誉奖杯是冬达在获得众位巫师认同、得到巫医称号时得到的。奖杯被打碎了，教授非常气愤地骂了我一通，这让我们在到达下一个宿营处的路上都在冷战。我只知道他们全系教职员工都转入了消动核学理论与实验研究中心，冬达则成了内阁2000年委员会顾问团主席，他的新任务是进行占星预言并用魔法将预言变成现实。在我看来，关于奖杯那事他是反应过度了，但我什么都没说，因为他救了我的命。

到第二天我们还是没机会好好谈谈，由于这条二十英里①长的河流是蓝布里亚和固伦杜瓦于的边境线，两国士兵都朝我们开枪，还好都没打中。鳄鱼都匆匆逃走，但其实我宁可跟鳄鱼做伴也不想挨枪子儿。冬达事先准备了蓝布里亚和固伦杜瓦于的旗子，我们各拿一面朝岸上的士兵挥舞，然而河流的转弯实在太急了，我们有好几次都挥错了旗子，必须迅速趴下，在独木舟里躺平，而教授的行李则吃了不少子弹。

《自然》杂志对他造成的伤害最大，他们说他是骗子。尽管如此，多亏了蓝布里亚大使馆对外事部门施加的压力，冬达最后还是被邀请去参加在牛津举行的赛博控制理论大会。

他在大会上收到一份关于冬达理论的论文。所有人都知道感知机的发明者弗兰克·罗森布拉特②曾提出一个理论，感知机

---

① 英美制长度单位，1英里等于5 280英尺，合1.609 3公里。

② 弗兰克·罗森布拉特是一位美国心理学家，在人工智能领域享有盛誉。感知机是罗森布拉特在1957年就职于康奈尔航空实验室时所提出的一种人工神经网络，是一种根据生物学原理构建的电子设备，具有学习能力。

越大，它识别几何图形所需的信息越少。罗森布拉特的法则如下：一个无限大的感知机不需要学习任何东西，因为它天然懂得一切。冬达为了提出自己的理论，研究方向和他完全相反。小型电脑通过大型程序完成的工作，大型电脑用小型程序也能够完成，因此按这个逻辑得出的结论就是，无限大的程序能自己工作，无需任何硬件。

后来发生了什么呢？大会对他的理论嗤之以鼻。这些饱学之士的风度似乎突然间都被狗吃了。《自然》杂志上写道，根据冬达的理论，任何无限长的咒语恐怕也必然会成真吧，这位教授是在以胡说八道扰乱科学的精准。从那以后，冬达就被取笑为"赛博控制必然性的预言家"。后来，来自库拉哈利的副教授波乎·瓦莫乎又在大会上就此慷慨陈词了一番，冬达就此算是完蛋了，而身为文化大臣的小舅子的波乎·瓦莫乎最终任职牛津，他的论文标题是《论作为欧洲思想驱动因素的石头(斯坦)①》。

他在论文里说，很多取得突破性成就的人名字里都有"石头"的含义，比如伟大的物理学家爱因斯坦，伟大的哲学家维特根斯坦，伟大的导演爱森斯坦，伟大的舞台指导费尔森斯坦，此

---

① 在德语中，发音近似"斯坦"的Stein一词意为"石头"。在下文中，作者列举的诸位名人的姓氏中都包含此词。

外还有作家格特鲁德·斯坦,哲学家鲁道夫·斯坦纳。

在生物学领域,波乎·瓦莫乎举了荷尔蒙重置术的发明者斯坦纳赫。最终他在结论中还不忘提一下:在蓝布里亚,"瓦莫乎"这个名字的意思是"石头中的石头",他还提到了冬达,说他是"石头的核心""内在特质注定将会称为石头",结果《自然》杂志在下一期的文章里说他和冬达是两个小丑。我在般贝茨洪泛平原的灼热蒸汽里听教授讲述这一切,同时还得时不时殴打鳄鱼的头,因为那些家伙总想咬他旅行箱里的手稿,而且还觉得撞独木舟很好玩。目前我的想法比较微妙。如果他在蓝布里亚的地位真有那么高,现在为什么还要逃跑呢?他真正的目的是什么?他到底干了什么?既然他不相信魔法,还取笑波乎·瓦莫乎,那为什么还要大声祈祷,希望鳄鱼变成石头,而且还不去拿枪?(一直到了固伦杜瓦于他才告诉我,佛教信仰反对杀生。)但我很难向他提出这类问题。纯粹是出于好奇心,我才接受了固伦杜瓦于大学的职位,成了他的助手。在发生了罐头厂那件事情之后,我也不着急返回欧洲,更愿意等到事件平息再说。在这个时代,等风平浪静花不了多少时间,因为总有新事情发生,头一天发生的事情很快就没人在意了。后来虽然又经历了不少麻烦事,但是这个转念之间做出的决定我一直不后悔。当独木舟撞上般贝茨河固伦杜瓦于那一侧的岸边时,我第一个跳上岸,然后伸手拉教授上去——手掌贴着手掌,很有象征意义,从那之后,我们的命运就紧紧地联系在了一起。

固伦杜瓦于比蓝布里亚大三倍。它的工业化进程很快,结果不可避免地滋生了腐败,这在非洲是很常见的。我们到达固伦杜瓦于的时候,整个系统都要停摆了。

大家都受贿,但是不提供任何东西作为回报。事实上,不行贿的人甚至要被打。一开始我们都不明白为什么这个国家的工业、经济和行政机构还在运转。按照欧洲的标准,固伦杜瓦于随时都有可能分崩离析。在居留延期之后,我才明白了他们的那种新系统,这个新系统取代了旧大陆上我们称为"社会契约"的东西。接待我们的是卢米拉酒店的邮政长官姆瓦希·塔布海恩,我们就住在这里,这座位于首都的酒店在过去十七年里都在进行翻修。姆瓦希对六个女儿婚事的安排将这个系统的运转方式展示得明明白白。他最大的女儿成了他与发电厂和鞋业公司之间的强力纽带,因为那位女婿是鞋厂主管,而那位公公是高级电力工程师,所以他永远有鞋穿,永远有电用。他的二女儿跟接待处的一个员工结了婚,从而和食品加工企业有了联系。他认为这是很聪明的一招。企业里无数管理团队因为腐败一个接一个进了监狱,接待处的员工是唯一保住了工作的,因为他没有贪污任何东西,只是收到了一些礼物而已。于是邮政局长的桌上也堆满了礼物。他的三女儿跟建筑修复合作社的首席审计员结婚。多亏了这桩婚事,他的房子即使在雨季也从不漏雨,有着颜色鲜亮的墙壁,门关得紧紧的,连水蒸气都溜不出去,甚至窗户上还安着玻璃。他的四女儿跟本地一个监狱看守结了婚——这是以防万一。五女儿和市议会的书记结婚。当然得是书记,而不能是副市长之类的职位,姆瓦希对于后者嗤之以鼻,若请那人吃饭,恐怕会端上用鳄鱼肝做的黑汤。市议会成员像天上的云彩一样换了一茬又一茬,但书记还在办公室里,只是他的观点像月亮一样变幻莫测。最后他六女儿成了原子军采购部部长的妻子。这支军队只存在于纸面上,但采购是真实存在的。最重要的是,采购部部长的娘家表哥是动物园的饲养员。我看不出这最后的联系有什么用。难道是和大象有关系吗?姆瓦希带着一副无所不知的笑容耸耸肩。"找大象干什么呢?"他说,"蝎子不是也能派上用场吗?"

作为邮政长官,姆瓦希不需要与邮政部门建立任何婚姻关系,即使是对他的转租户我,信件和包裹也是未开封就送达,这在固伦杜瓦于尤其不同寻常。通常情况下,一个公民如果想收到住在远处的人寄来的物品,都必须上门自提,除非是家里有特权。我不止一次看到邮递员一大早离开邮局,邮袋装得满满的,却把一叠叠寄往无人看管的邮箱的信件直接扔进河里。至于包裹,邮递员们喜欢玩猜包裹内容的游戏,猜对的人就从包裹里选一个他想要的东西作为纪念品。

我们的主人唯一担心的,是他没有公墓董事会的亲戚。每次想起这件令人不安的事,他就会叹息道:"他们会把我扔给鳄鱼,那些流氓!"

固伦杜瓦于的出生率颇高,原因也在于此:一个家庭中的父亲在与所有关键机构建立起亲属关系网之前绝不会休息。姆瓦希告诉我,在卢米拉酒店翻修之前,许多客人会因饥饿而晕倒,就算呼叫了急救服务也永远不会来,因为救护车小组正忙着给熟人送椰棕床垫。不管怎么说吧,豪瓦里以前是外籍军团的一名下士,上台后晋升为元帅,每隔几天他就会被特别功勋勋章部授予新的高级勋章。这个人对飞速确立声名的做法显然并不反感,事实上,就是他提出了将腐败国有化的想法。被当地媒体称为"永恒老大哥"的豪瓦里,在科学上也毫不放松,财政部通过对在国内有代表处的外国公司征税为他争取资源。这些税种往往都是突然就设立了,随之而来的是财产没收以及各种纠纷,还有外交干预,但都徒劳无功。每当一批资本家收拾东西离开时,总会出现其他愿意到固伦杜瓦于去碰碰运气的人,据说固伦杜瓦于的矿藏——特别是铬和镍——非常丰富,但也有人声称地质数据是在当局的命令下伪造的。豪瓦里赊账购买武器,甚至这么买战斗机和坦克,然后卖给蓝布里亚换取现金。没有人敢惹怒永恒老大哥;之前发生大旱的时候,他让人分别向基督教上帝和最高等级的巫医神灵西内姆·图尔木图求雨,然而三个星期之后还是一滴雨都没下,于是他下令将巫医斩首,将传教士驱逐,一个都不剩。

很显然,他读过拿破仑、成吉思汗和其他政治家的传记,并将其奉为圭臬,他鼓励下属进行掠夺,但必须是大规模的掠夺。所以,政府区是用建设部从航海部偷来的材料建造的,而航海部原本打算用那些材料在班贝兹河上建造港口。修建铁路的资金被椰子贸易部侵吞,然后在进一步的渎职行为下,筹集到了建立法院和检察院大楼的资金；到头来，偷盗和侵占居然逐渐产生了一些正面的效果。现在豪瓦里顶着"永恒之父"的头衔，亲自主持了贪污银行的开业典礼，任何一个企业家，只要他是认真搞贪污，只要当局认为他的企业符合国家利益，就可以从银行获得长期行贿贷款。

多亏了姆瓦希，我和教授吃住都很好。邮政检查员给我们带来了一些美味的烟熏眼镜蛇。眼镜蛇来自政敌寄给政要的包裹，由检察员的妻子用椰子烟熏制而成。法国航空公司的大巴给我们运来了面包。了解当地情况的旅行者都知道等车是没有意义的，在行李箱上露营一段时间后，先前不了解情况的人也都知道了。现在我们有充足的牛奶和奶酪，这都要感谢那些邮递员，他们不求报酬，只要我们实验室的蒸馏水。我绞尽脑汁也想不出他们要蒸馏水干什么，最终发现他们要的只是蓝色塑料瓶，可以用来装市反酒精委员会蒸馏的月光酒。总之，我们不需要去商店，这可太好了，我在卢米拉从来没看到过哪家商店是开门的，门上总是挂着"在送护身符"或"去看巫医了"之类的牌子。起初，我们在公共事务部门的日子很不好过，因为官员们完全不把来访的人放在眼里：按照当地的习俗，这些部门是进行社交活动、赌博,尤其是牵线搭桥的地方。只有偶尔的警察突袭才会冲淡这种聚会气氛——警察不经调查和审问就把每个人都关起来,因为司法部门认为,反正每个人都生来有罪,就不用白费力气定罪了。法庭只在特殊情况下开庭。我们到达后不久爆发了锅炉丑闻。起因是永恒之父的表弟豪玛丽为议会购置了一批瑞典产的中央供暖锅炉——是锅炉而不是空调。我要补充一句,在卢米拉,气温从未低于华氏七十七度。豪玛丽竭尽所能地忽悠气象研究所,想让他们降低温度,因为这样就可以证明此次采购是合理的。议会不停地开会,因为这符合议会的利益,他们甚至还组建了一个调查委员会,而调查委员会的主席是姆农努,据说他是永恒之父的对手。麻烦就此开始了,平时在全体会议休会期间的舞蹈变成了战舞,反对派一方身上满是蓝色的文身,最终姆农努消失了。这件事有三个版本的说法,有的说他被政府联盟吃掉了,有的说他和锅炉一起跑了,第三种是说他把自己吃掉了。姆瓦希认为最后一个版本是豪瓦里提出的。我也是从他口中听到了那句神秘的话语(尽管是在喝了十几壶重度发酵的基乌基瓦酒之后),"如果你看起来很美味,那就最好不要半夜在公园里走动。"也许这只是开玩笑吧。

卢米拉大学消动核学系为冬达的活动提供了新的希望。我要补充一下,当时议会机动委员会已经做出决定,批准购买贝尔94型家庭直升机的许可证,因为根据他们的计算,在全国普及直升机比修路更便宜。事实上,首都确实有一条高速公路,但只有六十五码①长,专门用来阅兵。购买许可证的消息在民众中造成了恐慌,所有人都意识到,作为工业主义支柱的婚姻制度正在走向终结——一架直升机由三万九千个零件组成,需要汽油和五种润滑油,没有人能保证自己弄得到以上所有物品,哪怕是至死只生女儿也不行。我对此深有体会,有一次我的自行车链条断了,我不得不请猎人抓了一只小吼猴,用它的皮做了一面鼓,送给电报局局长海伊乌,好让他帮我给乌米阿米发一封喑电,因为乌米阿米的老板的祖父出公差时死在了丛林里;而乌米阿米通过马塔勒勒与军需官认识,多亏了军需官,才能临时调用坦克旅运输自行车的备件。无疑,修理直升机会麻烦得多。幸而很快,从欧洲这个创新无止境的地方传来一个可供模仿的新鲜事物,那就是开放关系中的群交。这种事情在旧世界是休闲的感官娱乐,但在一个尚无经验的国度里却成了生活必需品。教授担心

---

① 英美制长度单位,1码等于三英尺,合0.914 4米。

我们会为了科学的利益而不得不放弃单身生活,事实证明他的顾虑毫无道理。我们最后还是想办法靠自己成功立足,但是为学院工作付出的额外劳动也得自己承担,真的很累。

教授向我介绍了他的项目:他的目标是将人类有史以来所有的诅咒、魔法符咒、巫术、咒语和萨满教的"跳大神"输入电脑。在我看来,这样做毫无意义,但冬达心意已决。只有最新的国际商业机器公司的光学计算机才能容纳如此大规模的数据,需要耗资一千一百万美元。

我不相信我们能获得这么大一笔钱,毕竟财政部长甚至拒绝拨出四十三美元给消动核学研究所买卫生纸,不过教授却充满信心。他没有跟我说申请拨款的细节,但我觉得吧,他肯定是要破产的。他会在晚上出门去某个神秘地点,出发前给自己文上充满仪式感的文身,脱光衣服只绑一条猩猩皮制的缠腰布,这是卢米拉名流圈子里的正式装束。他有一些从欧洲寄来的神秘包裹,我曾经不慎把其中一个掉到地上,它居然开始小声播放门德尔松的《婚礼进行曲》。教授在旧烹饪书里寻找食谱,从实验室里拿了蒸馏用的玻璃冷凝器,然后叫我做醪糟。他从《花花公子》和《喂!》杂志中剪下女性照片,把其中一些装裱起来,不给任

何人看,最后还让负责运营政府医院的阿尔夫文医生给他放血
——我看见他用金纸包起那些小瓶子。接下来的某一天,他把
脸上的软膏和颜料全部洗掉,把剩下的《花花公子》都烧了,一连
四天坐在姆瓦希的阳台上懒洋洋地抽着烟斗。到第五天,他打
了个电话,召见投资部的负责人乌巴莫图。可以买电脑了。我
简直不敢相信自己的耳朵。我问他是如何做到的,教授只是微
微一笑。

将所有魔法转为程序语言花了两年多的时间。我们遇到的
麻烦似乎无穷无尽,有真正的难题,也有其他乱七八糟的事情。
比如说,美洲印第安人施放的一种咒语会被记录在 所谓的"奇
普"①(又称"会说话的结")中,我们转译这种咒语的时候真的很
困难,除此之外千岛群岛和爱斯基摩部落的冰雪魔法也非常困
难。后来我们的两个程序员还病倒了,要我说,他们是因为校外
活动而累倒的,因为集体性交真的非常流行,但又有传闻说,这
是萨满教地下组织搞的鬼,他们对冬达在古代魔法领域至高无
上的地位感到不安。更麻烦的是,一群进步的年轻人听了一些
反对意见,竟然在研究所安放了炸弹。不过还好,爆炸只炸毁了

———

① 奇普是古代印加人的一种结绳记事的方法,用来计数,或者记录历史。
它由许多颜色的绳结编织而成,不同的绳结有不同的含义。

大楼一区的厕所。直至世界末日前,厕所也没有被修好,因为那些按照某位理性的思想家的想法、本该作为浮漂的空椰子总是不断沉下去。我向教授提出,请他利用他巨大的影响力搞来需要的修理部件,但他回答说,只有大项目才配得上中间的那么多麻烦曲折。

我们区的居民也举行了几次反冬达的示威,因为他们害怕启动电脑之后会爆发出直击大学的法术,同时殃及他们,毕竟法术很可能偏离目标。教授让人用高高的栅栏围住这栋楼,在栅栏上画了图腾符号,以防止一切邪术的爆发。我没记错的话,筑这道栅栏花了我们四桶月光酒。

渐渐地,我们在数据库中积累了四千九百亿字节的魔法,用消动核学的术语来说,这相当于二十万亿兆魔字节。这台机器每秒进行一千八百万次运算,连续工作了三个月都没有停止过。当时在场的国际商业机器公司工程师代表杰弗里斯将冬达和我们所有人都视为疯子。后来,因为冬达把瑞士进口的内存模块调整到了极为精密的尺度,杰弗里斯又在教授背后说了他很多坏话。

程序员们无比沮丧,因为在连续这么多个月的辛苦工作之后,电脑甚至做不到给一只蚂蚁施魅惑咒,而冬达依然状态紧绷,拒绝回答任何问题。每天他都去检查卷纸筒里绕出来的纸带上的刻度图表。指针画出了一条直线,这证明电脑完全没有抽动——当然啊,它为什么会抽动呢?在最后一个月的月末,教授开始出现抑郁症状。他现在每天去实验室三四次,拒绝接电话,也根本不看信件,信积累得越来越多了。可是,在九月十二日,当我准备睡觉的时候,他跑进我的房间,脸色苍白,神情十分不安。

"发生了!"他从门口大喊,"明明白白。千真万确。"

我真担心他发疯了,他满脸放光,笑得相当诡异。

"发生了。"他重复了好几次。

"什么发生了?"我尖声问。他如梦初醒似的看着我。

"当然——你什么都不知道。增加了百分之一克的重量。这该死的秤不够精密!如果我有个更好的秤,一个月前就该知道了,甚至更早!"

"增加重量了?谁增加重量了?"

"不是谁,是电脑,存储器。你知道,物质和能量都是有质量的。信息既不是物质也不是能量,但它却存在,这也是事实。所以它应该有质量。我在制定冬达定律的时候就开始思考这个问题。我们说,无限量的信息可以不借助任何设备直接生效,这意味着什么?就是说信息的量级会直接表现出来。我猜到了这一点,但我不知道等价公式是怎样的。你为什么这样看着我?我的问题很简单——信息的重量是多少。所以,我不得不仔细思考整个项目。我必须这样做。现在我知道了。机器的重量增加了百分之一克——这就是所输入信息的重量。你明白了吗?"

"教授,"我结结巴巴地说,"确实,所以说那些咒语、魔法、祈祷、诅咒、绳结,还有每克每秒的巫术……"

我不说话了,他似乎哭了。他开始发抖,但是又无声地笑着。他用手指头抹了抹眼泪。

"我该做什么?"他平静地说,"你要知道:信息有质量。任何信息都有。内容根本没有意义。不管是石头还是我的脑子,其中的原子都是一样的。信息是有重量的,但它的质量却小得惊人。整台电脑中所包含的知识,重量不到一盎司①的四十分之一。所以我才需要这么大的电脑。但是你想想,谁会给我资助呢?一台耗资一千一百万的电脑,半年的时间,里面塞满了垃

---

①英美制重量单位, 1 盎司等于1/16磅,合28.349 5克。

圾、废话、胡言乱语？什么都没有啊！"

我还是惊讶得说不出话来。

"嗯……"我犹豫了一会儿，"如果说我们是在一个正经的部门工作，高级研究所，或者麻省技术中心……"

"别空想了，"他十分不屑，"我什么证据都没有，只有冬达定律，而那是个笑柄！如果没有电脑，我就得租一台，你知道这样的型号一个小时要花多少钱吗？一个小时就贵得不得了！而且我需要用它好几个月。在美国，我连研究所的门槛都别想摸到。如今全是一群未来学家坐在那些机器前，计算着经济零增长的变量——那是现在研究界的潮流，而不是库拉哈里某个叫冬达的家伙的奇思妙想！"

"所以这整个项目，咒语什么的都没用？没人需要？过去两年我们只是在收集材料……"

他不耐烦地耸耸肩。

"必要的东西怎么会没用。要是没有这个项目，我们一分钱都拿不到。"

"但是乌巴莫图、政府、永恒之父——他们希望巫术灵验！"

"哦，他们会如愿的，但是，你还是不懂……听好，如果不是因为那个后果,信息有重量的事实也不会产生什么大的轰动……你看,有这样一种东西,叫信息的临界质量,就像铀有临界质量一样,而我们正在接近那一临界点。不是你和我在这个地方说说而已,而是整个地球都在迈向倾覆边缘。每一个正在建造新计算机的文明都在接近这个临界点。神经机械学的发展是自然界为理性设置的一个陷阱!"

"信息质量的临界点?"我跟着说,"但是每个人脑子里都有无数信息,就算有些人聪明有些人笨……"

"别打断我。别说话,你什么都不懂。我打个比方给你解释一下。重要的不是数量,而是信息的密度。就像铀一样。这可不是随便打个比方!稀有的铀,在岩石和土壤中是无害的。它爆炸的条件是隔离和集中。对信息来说也一样。储存在书本或头脑中的信息可能相当多,但它仍然是消极被动的,就像散落四处的铀粒子一样。可是一旦集中起来!"

"集中起来会怎样?发生奇迹?"

"奇迹个屁!"他嗤之以鼻,"我看你还真相信了那些胡说八道。根本没有奇迹。超过临界点,就会启动连锁反应。万物皆有灵,自然即是原子!信息会消失,因为它变成了物质。"

"变成了物质是什么意思?"我还是不懂。

"物质、能量、信息是质量的三种形态,"他耐心解释,"它们可以相互转化,但必须符合守恒定律。没有什么东西是免费的,这个世界就是这样。物质变化成能量,产生信息则需要能量和物质,信息也可以变化成它们,再变化回来,只不过当然不是普通的那种变化。超过临界质量,一切就会像蜡烛被吹灭一样消失。就是在这里我们有了'冬达阻碍',即知识生产的极限……也就是说,你可以不断地积累知识,但只能以一种分散的形式储存。每一个还没弄清楚这一点的文明都自愿走进了陷阱。一个人发现的东西越多,就越接近无知和真空——这难道不奇怪吗?你知道我们离临界点已经有多近了吗?如果信息继续累积,两年后就会……"

"怎样?爆炸吗?"

"不会。最多会有一些小闪光——连个苍蝇都杀不死。在曾经有数十亿字节的地方,将出现少量的原子。接着连锁反应会被引发,以光速在世界范围内蔓延,破坏所有的存储库和计算机;凡是信息密度超过每立方英寸①一百万字节的地方,都会出

---

① 英美制长度单位, 1 英寸等于 2.54 厘米。

现同等数量的质子——以及一个空洞。"

"所以我们要昭告天下,发出警告……"

"当然,我已经那样做了。但是没用。"

"为什么?太晚了吗?"

"不,只是没有人会相信我。这种消息必须来自权威人士,而我只是一个小丑,一个骗子。被骂骗子的话我还能解释一下,但我无法摆脱小丑的身份。无论如何,我不想说假话,甚至不打算尝试。我已经向美国发出了一份临时报告,并向《自然》杂志发出了这份电报……"

他递给我一份草稿,"我知晓万物的本质。神明创世倒计时。真有你的,冬达。"

教授注意到我麻木的表情,顽皮地笑了。

"你觉得我这么写不太好,是吧?我亲爱的朋友,我也是人,所以我要以牙还牙。这封电报很有意义,但他们会把它扔进垃圾桶或嘲笑它。这是我的报复。你难道不明白吗?你知道关于宇宙起源的最时髦的理论——大爆炸理论,对吧?宇宙是如何诞生的?爆炸!什么东西爆炸了?什么东西突然变成了物质?这是上帝的秘诀:从无穷大倒数到零。一旦到零,信息爆炸般地物化——且忠实于等价公式。就这样,言辞有了形体,爆炸成了星云、恒星……宇宙从信息中产生!"

"教授,你真的这么想?"

"这不可能证明,但它符合冬达法则。有人在上一阶段做了同样的事,不,我不认为那是上帝,但——也许是多个文明同时爆炸,就像超新星群有时会爆炸一样……而现在轮到我们了。计算机化将拧断文明的脖子——不过是轻轻地……"

我理解教授的怨恨,但我不相信他。我以为他只是因自己遭受羞辱而被蒙蔽了双眼。但不幸的是,他是对的。好吧,要是他真的通过那封电报成功宣扬了自己的理论,那该多好。

我的手快麻了,黏土也快用完了,但我必须继续写下去。在所有未来学的喧嚣讨论中,没有人注意到冬达的言论。《自然》杂志什么也没说——只有《冲击》和阴沟里的小报还在写他。有几家报纸确实发表了他的警告的摘录,但科学界却连眼睛都没眨一下。我没有太在意这些事。我意识到我们正站在悬崖边上,而我们的呼喊就像寓言中牧羊人喊了太多次的"狼来了"一样。有一天晚上,我忍不住说了一些苦涩的话。我责备教授把小丑的面具按在自己的脸上,非要给研究披一层萨满教的假皮。他听我说完后,嘴角抽搐着露出一丝苦笑,那苦笑从未离开过他的面庞。也许是一种紧张的抽搐。

最终他说:"表皮。表皮。如果说魔法是无稽之谈,那我就是从无稽之谈开始的。我无法告诉你我的胡思乱想何时变成了一种假设,因为我自己都不知道。如你所知,我专注于不确定的事物。我的发现是物理学的一部分,它属于物理学范畴,但它是一种没有人注意到的物理学,通往它的道路要经过被嘲笑的土地,没有丝毫特权。因为探求者有必要从'文字可以变成肉体''魔咒可以实体化'的想法出发——有必要潜入这种荒诞,深入探索种种属于禁忌的关联,以便到达彼岸,在那里,信息和物质的等同性将变得明显。因此,我需要通过魔法……也许不一定需要沉溺于引人入胜的乐趣和游戏,但最初的每一步都必须是模糊的、可疑的、异端的、值得嘲弄的。我做了什么?是戴上小丑的面具,提出了一个假的动机吗?你是对的——如果非说我犯了什么错误,那就是我没有去欣赏这些天来统治我们的所谓智识的愚蠢性。在我们这个包装至上的时代,重要的是标签,而不是内容……一旦人们称我为骗子和欺诈者,学者们就把我扔进了遗忘的角落,从此我就再也无人问津,即使我像耶利哥的喇叭一样大喊大叫，也没人理睬。吹得越响，笑声越大。那么，魔法到底是站在谁的一边？他们拒绝和驱逐的姿态不也是魔法的一种形式吗？最近《新闻周刊》写了关于冬达法则的文章，在此之前，法则在《时代》《明镜》和《快报》上都有报道，我不能抱怨说缺乏人气！眼下这种情况没有办法摆脱，原因在于每个人都在读我的文章，但却没有人理解我的思想。谁没有听说过冬达法则？他们读到它，然后笑得前仰后合，'别胡说了！'你看，重要的不是结果，而是为达到结果所走的路程。有些人做出发现的权利就这么被剥夺了——比如我。我可以假装发誓说，我这个项目不过是一种战略演习，是一个不太好看、但却必要的诡计；我可以道歉并公开忏悔——但回应永远都会是笑声。进入小丑的角色后就无法再脱身了，这是我没有意识到的事实。我唯一的安慰便是，灾难在所难免。"

我尽力通过喊话来表达抗议。我不得不提高声音，因为现在一个巨大的家庭直升机工厂即将开张；希望得到这些精美机器的固伦杜瓦于居民紧咬着下巴，屏住呼吸，激情满怀。为了这些精美的机器，固伦杜瓦于的居民咬紧牙关，屏住呼吸，满怀激情，正忙着跟各路要员拉关系。在我房间墙的另一边，邮政局长的家人正在与被邀请的知名人士、机械师和售货员热火朝天地交谈。从日益高涨的喧闹声中，可以看出这个国家对机动化的强烈渴望。教授从他的背囊中拿出一个"白马"牌威士忌的平顶酒瓶。他把酒倒进杯子里，说："你又错了。即使世人认为我的话是正确的，科学界也必须验证它们。他们必须坐在电脑前计算各种各样的数据，这一过程只会更快地带来末日。"

"那我们该怎么办？"我绝望地喊道。教授抬起头朝着天空，喝干最后一滴威士忌，然后把空瓶子扔出窗外，看着墙，墙另一侧的人们依然激情澎湃。他说："睡觉。"

我之前饱受抽筋之苦，不过在椰奶里浸泡过后，我的手又可以写字了。马拉默图说，今年的雨季会来得很早，而且持续时间会很长。自从教授去卢米拉买烟斗后，我一直是独自一人。

现在能有旧报纸读我都会很高兴，但其实我只有一口袋关于计算机和编程的书，这还是在丛林里寻找红薯时发现的。当然红薯只剩下腐烂的了——像往常一样，猴子把好的都吃光了。我还去过我以前的住处，但那大猩猩（虽然病得更重了）却不让我进去。我想，这袋书可能来自那个标有"来罐可乐"字样的橙色热气球，一个月前它从丛林上方滑翔而过，往南飘去。现在看来应该是有人乘着热气球旅行。在麻袋的底部,我发现了一份去年的《花花公子》,正在翻看的时候,马拉默图吓了我一跳。他很激动,因为他认为裸体是体面的标志,并将裸体与回归过去的美好风俗联系起来。我没有想到,在他年轻的时候,他和他的整个家族基本都是赤身裸体的,所以对他来说,黑人美女们穿上迷你裙或长裙是一种堕落放荡的表现。他问外面的世界发生了什么,但我不知道,因为晶体管电池已经耗尽。之前收音机还能用时,我就整天听它。灾难发生了,和教授预言的一样。它对发达国家产生的影响最大。想想看,在过去的十年中,有多少图书馆被电脑化了?结果一瞬间,智慧的海洋从所有的磁带、晶体、铁氧体磁片和低温机中蒸发出来。我听到播音员仿佛喘不过来气一般的声音。坠落并非对所有人都同样痛苦。一个人在进步的阶梯上爬得越高,他从阶梯上跌落得就越猛。

第三世界国家在短暂的震惊之后,欣喜若狂的情绪占了上风。不再需要努力,不再需要追随开拓者,不再需要把自己从马裤和草裙里拽出来,不再需要城市化、工业化,特别是不再需要计算机化。当地的生活——之前已经被委员会、未来学家、重炮、污水处理厂和边界纠纷所占据——现在又融化在了一个叫人愉快的泥潭里,融化在了一片温暖祥和的单调中,仿佛一场永不停息的午睡。椰子又变得唾手可得,尽管就在一年前,作为出口物品,它们是寻常人不可能得到的。军队也主动解散了,当我在丛林中行走时,经常踩到防毒面具、工作服、背包和迫击炮,上面长着藤蔓;一天晚上,我被爆炸声惊醒,我以为是大猩猩终于来了,其实只是一些狒狒发现了一箱引信而已。是的,在卢米拉,伴随着不加掩饰的如释重负的叹息声,妇女们摆脱了她们闪亮的小宫廷鞋换掉难受得仿佛地狱的性感女裤,群交活动也像变魔术一样消失了,首先是因为现在完全没有直升机了(工厂当然要电脑化);其次没有汽油(炼油厂也是自动运作的);第三,没有人想去任何地方——为什么要去? 现在没有人羞于将大规模旅游称为白人的疯狂。如今的卢米拉一定很安静。

说实话,这场灾难的结果根本就不是那么糟糕。现在即使你想尽办法,也不可能在一小时内到达伦敦,两小时内到达曼谷,或三小时内到达墨尔本。你到不了——但那又怎样? 当然,有很多公司已经崩溃了,例如国际商业机器公司这样的大集团;显然它现在生产泥板和石板铅笔,但这可能是一个笑话。不存在任何战略计算机或自导弹头,没有数字机械,没有水下、陆地或轨道战争,信息技术已经宣布破产,股票市场已经开始崩盘,显然在11月14日,商人们成群结队地从华尔街的窗户跳出来,在半空中碰撞。所有的航班和其他交通工具的时间表,以及所有的酒店预订系统都陷入了混乱,所以大城市里没有人再顾虑是该飞往科西嘉岛,还是开车去,或者在网上当场租车,或者参加土耳其、中美洲、安的列斯群岛和莫桑比克的三日游,说不定再顺便去趟希腊。我有点好奇是谁在制作热气球,可能是家庭手工吧。

在猴子抢走我的望远镜之前,我看到的最后一个热气球的网是由奇怪的短线制成的,就像鞋带编成的一样——也许现在欧洲人们也是赤脚走路?显然,较长的绳子是近几年才由制造绳子的计算机制造出来的。说起来很可怕,但在收音机沉寂之前,我亲耳听到,美元已经不存在了。它"死"了,可怜的小东西……我唯一的遗憾是,没能近距离看到临界时刻的到来。

显然,当时有一声小小的碰撞声,然后所有的机械记忆瞬间就变得像新生儿的头脑一样空白。随着它们转变为物质,这些信息产生了一个令人惊讶的小宇宙,一个小宇宙,一个迷你空间——几个世纪以来积累的所有知识变成了一小团原子尘。收音机还告诉了我这个微型宇宙的模样——它小得不得了,而且封闭得很紧,完全不可能闯入。显然从我们的物理学角度来看,它构成了一种特殊的虚无,即完全密集的、完全不可渗透的虚无。它不吸收光线,也不能被拉长、挤压、粉碎或钻进去,因为尽管它看起来在我们的宇宙之内,但其实它位于宇宙之外。光线从它的圆形边上滑落,随机加速的粒子从它身边经过。我不明白当局发表的声明。根据声明,这个被冬达称为“小世界”的东西是一个宇宙,完全与我们的宇宙平等。换句话说,它包含了星云、星系、星际气体,现在也许还有行星,上面有生命在孕育。据此可以坦率地讲,人类已经重复了《创世纪》的故事——这一行为是不由自主的,甚至与他们心心念念的意图相反,因为这其实是他们最不希望发生的事情。

当小宇宙诞生时,学者们普遍感到惊愕;只有当一个人提醒另一个人注意冬达的警告后,他们才开始争相给他寄送信件、邀约、电报、问题,甚至是临时给他一些荣誉学位。但就在这时,教授开始收拾行李,并敦促我去往一个边境地区,他已经考察过了,并且认为这个地方很有吸引力。他带着一个沉重得可怕的箱子,里面装满了书。我之所以知道,是因为有一次我们的汽油用完了,越野车卡住了,我拖着那箱子走了最后三英里。由于狒狒的缘故,那时车里几乎什么都没剩下了。我以为教授想继续他的科学工作,为文明的重建奠定基石,但没有想到根本不是这样。他是多么让我吃惊啊!我们当然有许多步枪、餐具、锯子、钉子、指南针、斧头和其他工具,顺便说一下,物品清单是教授根据《鲁滨孙漂流记》的原版拟定的。但除此之外,他还带了《自然》《物理评论》《物理学摘要》《未来》等杂志,以及一些装满了关于冬达定律的剪报的文件袋。

每晚晚饭后都有一个"狂欢"节目,或者可以叫"仇杀"节目:收音机以一半的音量播放最新的糟糕新闻,中间穿插着知名科学家和其他前辈的出场发言;与此同时,教授闭着眼睛吸着烟斗,听我念当晚的剪报片段,总是一些对冬达定律的严厉嘲讽、含沙射影和侮辱。我经常不得不把他用红笔画出的辱骂的话读几遍。我承认,这些活动很快就让我感到厌烦。难道他伟大的思想不是屈服于一种固执了吗?当我拒绝继续阅读时,教授开始在丛林中散步,据说是为了他的健康——直到我在一片空地上看到他向一群惊讶的狒狒朗读《自然》中的相关段落。

教授先前已经变得令人难以忍受,然而我还是渴望他回

来。马拉默图声称,"一代宗师"不会回来了,因为邪恶的木兹姆
—— 一头驴子——已经绑架了他。临别时,教授告诉我两件事,
它们给我留下了深刻的印象。第一件事是,冬达定律证明了所
有信息都具有同等价值:无论信息的字节是聪慧的还是低能的,
都没有区别——无论哪种方式,都需要一千亿个字节来制造一
个质子。因此,聪明的和愚蠢的话语都变成了实体。这一观察
将存在的哲学置于一个全新的角度。也许摩尼教和诺斯替派终
究不像教会宣称的那样没有信仰可言?此外,是否可以这样说,
由七十亿个白痴的表述组成的宇宙,与由智慧的表达产生的宇
宙没有任何区别?

我还注意到,教授在晚上写东西。我必须承认,他最后向我
透露,这是一本《消动核学导论》,或《宇宙生产的一般技术探
索》。不幸的是,他把手稿带走了。因此,我所知道的内容是,每
个文明最终都会达到能够生产宇宙的门槛,因为世界是由那些
变得太聪明的人和那些变得太愚蠢的人共同创造的。天体物理
学家发现的所谓白洞和黑洞,是那些异常强大的文明试图绕过
冬达理论所提出的限制,或想将其彻底打破,但这并不奏效:他
们实际上是将自己炸出了宇宙。

　　或许,没有什么比这种反思更重要的了。毕竟,冬达着手撰写的东西,称得上是创世的方法论和理论!

　　但我必须说,在他去寻找烟草之前的最后一个晚上,他说的话更让我感动。我们当时正在喝根据马拉默图的配方发酵的椰奶。那是一种可怕的黏稠物,考虑到制作过程中付出的努力,我们还是喝了起来(并不是所有过去的东西都是坏的,比如说威士忌)。某一刻,教授用泉水洗了洗嘴,他说:"伊翁,你还记得你叫我小丑的那一天吗? 我看得出,你记得。当时,你说我在科学界的眼里是个小丑,因为我展示了消动核学魔幻的一面。但是,如果你不去考虑这个决定,而是看我的整个生活,你会看到一团彻头彻尾的混合物,这就是所谓的'谜团'。在我的命运中,所有的事情都颠三倒四! 一切都是意外的结果,而且是最疯狂的那种。我是在错误中出生的。正是因为一个错误,我才有了自己的名字。我的姓氏是误解的产物。正是由于一个错误,我才创造了消动核学——你现在可能已经意识到,电报员只是曲解了来自库拉哈里那不知名的安全警察的电报,搞错了德鲁福图上校在电报中使用的关键词! 我当时马上就明白了这一点。但我为什么不尝试重建电报,去纠正、修正或理顺整件事? 呸! 我做了一件比这更好的事,我基于这个错误安排了一项活动,而你也看到了,这项活动当初前景一片大好。那么,无论如何,一个犯了错误的家伙,从事一份偶然得来的职业,卷入了非洲的误解之网,这人是否发现了世界是如何产生的,以及将会发生什么?哦,不,亲爱的。那失误可太多了!构不成充分的论证!我们不需要重新调整我们所看的东西,而是需要采取不同的视角。看看生命的进化。几十亿年前,阿米巴原虫出现了,不是吗?它们能做什么?自我复制。它们是如何做到的?多亏了遗传性状的持久性。如果遗传真的无懈可击,那么到今天为止,这个星球上恐怕除了变形虫之外什么都没有。那么究竟发生了什么?是的,发生了错误。生物学家称它们为突变,但突变不就是盲目的错误吗?它可以说是作为捐赠者的父母和作为接受者的后代之间的误解。没错,遗传就是一种模仿复制……但很混乱,也不精确!由于复制情况不断恶化,三叶虫、巨龙、红豆杉、羚羊、类人猿和我们人类都出现了。进化便是疏忽和失误的集中体现,但我的生命里也发生了同样的事情。我的诞生是由于疏忽,我辗转至土耳其出于偶然,又是机缘巧合把我从那里扔到了非洲;事实上,我确实像一个游泳者一样一直在与潮水搏斗,但是是潮水带着我,而不是我引导它……你明白了吗?亲爱的朋友,我们没有理解错误是存在的基本要素,也没有理解它在其中发挥的历史性作用。不要用摩尼教的方式来思考问题!根据该学派的思想,上帝创造了秩序,而撒旦不断地试图绊倒他。不是这样的!如果能找到一些烟草,我就会写下哲学类型汇总中缺少的最后一章,即叛教神学,换句话说,'存在基于错误'理论,因为正是错误在错误上打上了印记,错误让错误发挥作用,错误产生错误,直到随机状况成为世界的命运。"

说完这些,他收拾了一些零碎的东西,走入了丛林,而我留在后面等他回来。如今我坐在这里,拿着最后一本《花花公子》,里面印着的一位性感尤物与我隔着纸四目相望,她浑身赤裸,就像被冬达定律解构过的真相一样。

克拉科夫,1972 年

第十八次航行①

　　这次我想写的旅行是我人生中最重大的一次，无论从结果上来说还是从规模上来说都是。我知道谁都不会相信我讲的这个故事。尽管看似矛盾，但其实，读者们的怀疑反而会促使我完成任务。我不能说自己确实已经达成了目标。说句实话，整个事情最终的结果很糟糕。事实上整件事并不是我搞砸的，而是有些心怀嫉妒又无知的人在阻挠我的计划，但即使如此，我良心上还是很过不去。

　　此次航行的目的是创造宇宙。不是什么之前从没存在过的、全新的、独立的宇宙。不是的。我指的就是我们所生活的这

_____

　　① 本篇及其后篇目英文版均由乔尔·斯特思和玛丽亚·斯威奇卡－泽米阿尼克译自波兰语。

个宇宙。从表面来看,这是一个荒谬可笑的说法,为什么人会创造早已存在的东西?还有什么是比宇宙更古老、更不可逆的呢?读者们可能会想,这会不会是一个疯狂的假设——除了地球以外,别的一切都没有存在过?所有的星系、恒星、星云以及银河系全都是幻觉?但其实不是这样的,我确实创造了一切,真真切切的一切——包括地球、整个太阳系、总星系,这当然是值得骄傲的,只可惜我的手工作品缺陷太多。有些缺陷问题出在原材料上,而更多问题则是出在赋予生命这个过程中,尤其是赋予人类生命。我对此无比后悔。虽然接下来我要提到的这些人确实干扰了我的工作,但我本人也的确犯了很多错。我本来应该仔细计划、认真实施,全程更加小心。毕竟完成之后就没机会再纠错改进了。从去年十月二十号开始出现的一切宇宙结构和人性上的缺陷——真的是一切——都是我的过错。这个事实我不得不承认。

事情是从三年前开始的。当时,通过塔朗托加教授,我认识了一个斯拉夫裔的物理学家,他住在孟买,是一位访问学者。这位物理学家索隆·拉兹格拉兹花了三十年时间研究宇宙起源学,宇宙起源学是天文学的一个分支,主要关注的问题是宇宙起源及其早期结构。

在长时间研究之后，拉兹格拉兹得出一个结论，这个结论把他自己也吓了一跳。我们知道，宇宙起源学可以分为两派。其中一派认为宇宙是永恒的，换言之，没有起源这一说。另一派认为，宇宙是在某个时候以很剧烈的方式突然出现的，是由一个初始原子爆炸而来的。这两种看法各有缺陷。第一种，科学研究已经发现了越来越多的证据，证明可见宇宙的寿命在一百二十亿年到二百亿年之间。如果一个东西有确定的年龄，那倒数回零点就再简单不过了。但是一个永恒的宇宙不可能有"零点"，不可能有开始。在新发现信息的压力之下，科学家们现在大多认为宇宙是在一百五十亿年到一百八十亿年前出现的。最重要的是，要有一种物质——这种物质被称为"伊伦"，也就是初始原子，总之叫什么都一样——它爆炸了，从而产生了其他物质、能量、恒星云、星系、暗星云和亮星云，这一切都飘在充满辐射的深空之中。只要没有人提出质疑，问题就算干净利落地解决了。"但是初始原子是从哪里来的呢？"这个提问根本无法回答。确实有几个可以用来搪塞的说法，但是任何一个有自尊心的天文学家都无法接受。

拉兹格拉兹教授在研究宇宙起源之前是研究理论物理的，专门研究所谓的基本粒子。后来随着他的兴趣转向别的领域，他迅速意识到，宇宙毫无疑问有一个开端，肯定是在一百八十五亿年前从初始原子爆炸开始的。但是，话虽如此，初始原子理论上却是不存在的。因为谁能在虚无之中放一个原子进去呢？太初之时，明明就什么都没有。要是真的存在什么东西，那它很显然就会立即开始发展，整个宇宙的诞生就应该发生在更早的时候——准确来说是无穷早！为什么一个初始原子会一直保持惰性，安安静静地等上不知道多少个世纪？又到底是什么东西在某个瞬间发出如此大的冲击，导致它膨胀并最终形成了这样巨大的东西？

了解了拉兹格拉兹的理论之后，我经常问他，究竟是什么启发了他。我对各种伟大思想的来源很感兴趣，而要说伟大的思想，很难有什么能比得上拉兹格拉兹的宇宙起源假说。这位教授是个安静谦逊的人，他告诉我，从传统的天文学角度来看，这个观点非常离谱。所有天文学家都知道，存在可以爆炸产生出整个宇宙的初始原子，这个说法本身就很有争议。他们怎么对待这个争议呢？他们绕过去了，避开这件事，因为它会导致很多不便。而拉兹格拉兹却敢于全身心投入，对其进行研究。他使用了最快速的计算机系统，越是收集数据，越是查阅资料、建立模型，就越发清楚地意识到，事情不对劲。

起初他希望最后能够消除不合理数据，解决问题，但是矛盾之处越发突出。因为所有的数据都显示，宇宙起源于一个单一原子，但是这样的原子是不可能存在的。倒是有一个显而易见的解释，那便是神创论，不过不到走投无路，拉兹格拉兹绝不会采用这个理论。我记得他笑着说："我们不应该把责任推给上帝。天体物理学家当然不应该……"花好几个月思考这个难题后，拉兹格拉兹回顾了他以前的研究。如果你不相信我，可以去问你认识的任何一位物理学家，他会告诉你，最小尺度上的某些现象就是毫无根据、凭空发生的。介子，那些基本粒子，有时会违反守恒定律，但它们这样捣乱的速度总是非常快，就好像没有违反过什么似的。它们以闪电般的速度去做一些物理定律所禁止的事情，仿佛理所应该一样，然后一转眼它们开始服从这些定律。于是一个早晨，当他漫步于大学校园时，拉兹格拉兹问自己：如果宇宙在大尺度上也做着同样的事情呢？如果在一秒钟的一个短暂瞬间内——那个瞬间是如此微不足道，以至于整整一秒钟与之相比都近乎永恒——介子可以做出一些被认为不可能的事，那么考虑到其维度，宇宙也许可以在相对更长的时间内表现出某种本不该存在的状态。比如说，一百五十亿年……

异常状态出现了，不过"出现"这个说法可能不完全恰当，因为当时没有任何实体可以承载这个动作。宇宙本质是一次偷尝禁果般的异常波动，它代表着一场转瞬发生但却不朽的畸变。和最小尺度上介子的情况一样，它是对物理定律的偏离！教授怀疑自己的思路是正确的，并立即回到实验室着手进行计算，一步步地验证了自己的想法。但还没等验证完成他就发现：藏在宇宙起源之谜背后的，是一个无法想象的巨大威胁。

或许可以说，宇宙好比是以信贷方式存在的。它与星座和星系一起，共同代表着一笔巨大的债务，一张当票，一张最终必须支付的期票。宇宙仿佛是一笔非法贷款，只不过其中的出贷资金不是字面意义上的金钱，而是物质和能量；它所谓的"资产"实际上是一种"负债"。由于宇宙是一个不合理的异常存在，它终将在某一天像肥皂泡一样破灭，跌回它原本所在的虚无之中。那将会是万物回归自然法则的一刻！

宇宙如此之大，其中发生了如此多的事情，然而这一切得以存在,可能完全是因为我们正处于一场最大规模的偶然事件中。拉兹格拉兹立即着手计算致命的期限何时到来,也就是说,物质、太阳、恒星、行星,以及地球,连同我们所有人,何时会被完全抹杀,陷入虚无。他发现这是不可能预测的。当然不可能,因为宇宙是随机事件,是对秩序的一种偏离!他发现的这个危机让他寝食难安。经过一番内心的挣扎,他选择不发表他的宇宙起源学研究,只是让一些著名的天体物理学家了解了他的成果。这些科学家承认,他的理论和结论恐怕是对的。同时,他们认为公布他的研究结果会使世界陷入精神混乱和恐慌,其后果可能是文明的毁灭。知道了自己和宇宙万物随时随地都可能消失,谁还愿意做事呢?大概连动一动手指都不愿意了吧。

这件事陷入了僵局。拉兹格拉兹,历史上最伟大的发现者,完全赞同自己博学的同事们。他决定(虽然很犹豫)不发布自己的理论,并开始在整个物理学理论库中寻找某种能够帮助宇宙的方法,以加强和维持其"债务人"的生命。但他的努力是徒劳的。不可能通过现在所做的任何事情来抵消宇宙的债务:债务不在宇宙内,而是在它的起源处——在宇宙成为对虚无欠债最多、但又最不具有偿还能力的债务人的那个时间点上。

就在这个时候,我遇到了这位教授,并与他进行了好几个星期的交谈。首先,他为我概述了他的发现的基本要点;然后我们一起工作,尝试寻找一些解决办法。

我带着发烧的脑袋和绝望的心回到旅馆,心想,啊,如果二百亿年前我就存在该多好啊,只需一瞬间就好了! 就足够了! 这将足以叫我在虚空中放置一个单独的原子,宇宙可以从那里开始生长,就像植物从种子里长出来一样,不过这次会是以完全合法的方式,并完全遵守物理学定律和物质与能量守恒的原则。但是我怎么才能到达那里呢?

当我告诉教授这个想法时,他无奈地笑了笑,向我解释说,宇宙不可能从任何一个普通的原子中产生;宇宙的原子核必须包含所有转化和事件所需的能量,才能让这些能量后续扩展开来,填补总星系中的虚空。我意识到了自己的错误,但仍在继续琢磨这个问题。然后,一天下午,当我在被蚊子咬得肿胀的腿上擦油时,我的思绪又回到了过去,当时,在飞过猎犬座的球形星团时,我没有更好的事情可做,于是开始阅读理论物理学。我特别沉迷于一卷专门讨论基本粒子的书,并想起了费曼的假设,即有一些粒子会逆着时间流向移动。当一个电子以这种方式移动时，我们就会把它看作是一个带正电荷的电子（正电子）。我边泡脚边问自己，如果我们给一个电子加速，直到它开始在时间上反向移动，而且越来越快，会发生什么呢？难道我们不能给它一股足够巨大的冲力，让它能飞回宇宙时间的起点，飞到那个还没有任何东西存在的时刻吗？宇宙难道不能从这个加速的正电子中产生吗？

我脚都来不及擦干就跑去找教授。他立即意识到我的想法的重要性，二话不说就开始计算。事实证明，这个项目是可行的。他的计算表明，电子在逆着时间的流向运动时，会获得越来越大的能量，所以当它到达宇宙起点之外时，内部积累的力量会使它崩裂开来，而爆炸的粒子释放出的能量正好可以抵消"债务"。然后，宇宙将免于崩溃，因为它的"贷款"这下就还清啦！

现在我们只需思考一下，具体该如何操作才能使世界合法存在，或简而言之，该怎么创造世界！作为一个正直的人，拉兹格拉兹多次对塔朗托加教授和他所有的助手和同事说，是我提出了创造的概念；因此，是我，而不是他，应该得到世界的创造者和拯救者的双重称号。我提到这一点不是为了自夸，而是出于谦虚。当时我在孟买收到了无尽的赞美和欣赏，恐怕这让我脑子有点儿转不过弯来，导致我忽略了自己的工作。我安于现状，认为最重要的部分已经完成——也就是要动脑的理论思考部分——接下来是纯粹的技术细节，其他人可以处理。

但这是一个致命的错误！整个夏天和秋天的大部分时间，拉兹格拉兹和我都在确定电子的参数、特征和性质。它将会是宇宙的种子，或者更确切地说，是构造量子。至于"创世计划"机械方面的问题，我们利用大学的一个巨大的同步稳相加速器，将其改造为一门瞄准时间之初的大炮。它所有的力量将在10月20日被释放，并集中在一个单一粒子上——也就是构造量子。拉兹格拉兹教授坚持让作为这个想法的创造者的我通过编年加农炮发射出那能够创世的一击。因为，你要知道，这是一个独特的历史机遇。我们的机器，我们的迫击炮，要发射的可不是随便什么东西，而是一个非常特别的粒子，它经过了重制、重塑和重新编排，能带来一个比目前存在的宇宙更有序、更坚实的宇宙。我们尤其关注宇宙创造的中间阶段和后期阶段——也就是人类出现的阶段！

当然，要把如此丰富的信息编入一个电子中，并不是一件容易的事。我必须承认，我并不是什么都自己做。拉兹格拉兹和我共同承担工作;我提出改进和更正,他把这些转化成精确的物理学语言,什么真空理论,电子、正电子和其他杂七杂八粒子的理论。我们还建造了一种孵化器,将测试粒子严格隔离。我们想从其中选择最成功的粒子,正如我所说,它将使宇宙在10月20日诞生。

在那些忙碌的日子里,我计划了多么好、多么美妙的事情啊!我每天工作到深夜,翻阅物理学、伦理学和动物学方面的书籍,以便收集、组合和集中最宝贵的信息,教授则在黎明时分开始将这些信息塑造成电子,即宇宙的核心!除了其他各项事宜外,我们希望让宇宙和谐发展,而不是像以前那样混乱;防止因为过度颠簸而产生超新星;消除类星体和脉冲星能量的无意义浪费;不让恒星像潮湿的烛台一样闪耀和冒烟;缩短星际距离,这将让太空旅行变得方便,从而使智慧种族聚集和统一起来。如果要一一讲述我在相对较短的时间内计划的所有修正措施,将需要很多篇幅。但这些并不是最重要的事情。我不需要解释我为什么专注于人类;为了改善人类,我改变了自然进化的原则。

正如我们所知,进化要么是强者对弱者的全盘吞噬(动物相残),要么是弱者从内部攻击强者的阴谋(寄生)。只有绿色植物才是道德的,它们靠太阳能生活,自食其力。因此,我规定了所有生物必须叶绿素化;为了这个目的,我设计了叶片人。这意味着必须取消胃,所以我把一个适当扩大的神经中心转移到它的位置。当然,我并没有直接做这一切,因为我手中只有一个电子。我只是与教授合作,确立了在新的、清清白白的宇宙中进化的基本法则,即每个生命形式对其他生命形式的正当行为规范。我还设计了更有美感的身体,更精致的性别模式,还做了许多其他的改进,这些我都不提了,因为一想起来我的心就在流血。我只想说,到九月底,我们已经建成了创造世界的大炮和它的电子炮弹。还有一些非常复杂的计算要做;这些都是由教授和他的助手完成的,因为在时间上瞄准一个目标(在目前情况下或许要说,在时间之前)需要最精确的操作。

考虑到我身负的巨大责任,我本应该待在这所房子里,监督一切工作。但是我却没有那么做,而是想放松一下,于是去了一个小度假村。说实话,在这里工作时,我被蚊子咬得全身都肿了,这就是为什么我渴望在凉爽的海里泡澡。如果不是那些该死的蚊子……但我不会把责任推给任何事或任何人:这都是我的错。就在我离开之前,我和教授的一个同事,一个叫阿洛伊修斯·邦奇的人发生了争吵。实际上,他甚至不是教授的同事,只是一个实验室助理,不过和拉兹格拉兹是同乡。这个人的工作是监控设备,有一天却突然要求把他列入创造者的名单。他说,如果没有他,低温机就不会工作,如果低温机不工作,电子就不会正常运行……我当然是嘲笑了他一通,他表面上似乎退缩了,但实际上却开始秘密地制订自己的计划。他自己做不了任何聪明的事,但是与两个熟人合计了一个阴谋,这两个人是在孟买的核研究所附近晃荡、等着找工作的闲杂人等,一个是德国人亚斯特·A.罗斯,另一个是美国人路·西弗。

正如事后调查所示,邦奇让他们在晚上进入了实验室,其余的都要怪拉兹格拉兹教授的小助理,一个名叫萨尔平特的博士生的粗心大意。萨尔平特把保险箱的钥匙放在桌子上,这使入侵者非常容易就跑了进来。他后来辩称自己生病了,并提交了医疗报告作证据,但整个研究所都知道,这个混蛋是在与某个叫伊芙·亚当斯的已婚女人厮混,他拜倒在这个女人裙下,以至于忽略了自己的本职工作。邦奇带领他的同伙来到低温机面前;他们从中取出杜瓦容器,又从容器中取出装有无价"子弹"的盒

子,并进行了臭名昭著的参数"调整",其结果所有人都可以看到
——看看你们周围就知道了。事后,他们辩解说(还不忘给自己
贴金),说他们"意图是好的",也希望获得荣誉(!),特别是考虑
到这一切是他们三个人干的。

好一个优秀的三位一体!经过大力施压和高强度的审问,
他们最终坦白了他们几个是如何分工合作的。罗斯先生曾经是
哥廷根大学的学生(但因在阿斯顿质谱仪中放置色情图片而被
海森堡本人亲自开除),他负责处理造物的物理方面,将其搞得
一团糟。正是因为他,所谓的弱相互作用力才与强相互作用力
不一致,而且守恒定律的对称性也不再完善。任何物理学家都
会立即明白我的意思。这个在简单加法中犯了错误的罗斯,也
要对电子电荷如今在计算时会获得无限值的事负责。也正是由
于这个笨蛋,人们在任何地方都找不到夸克,尽管在理论上它们
是存在的!这个无知的人忘记了修正色散公式。还有件事要
"归功"于他——干扰电子,公然与逻辑相抵触。想想看,海森堡
一生为之绞尽脑汁的难题是由他最差、最呆板的学生造成的!

但他犯下了更严重的罪行。我的创造计划中有核反应的存
在,因为没有核反应就没有恒星的辐射能量,但我排除了铀族元

素,这样人类就无法在二十世纪中期过早地发明原子弹。人类要利用核能,只能将氢核合成为氦,由于这比较困难,所以在二十一世纪之前不可能有这种发现。但是罗斯居然将铀化物重新纳入该项目,而我也没有证据证明他是被某个帝国主义情报机构的特工安排的,与军事霸权计划有关……真是太不幸了。

这个三人组中的第二个"专家"西弗,已经完成了医学院的学习,但他的执业资格因多次违规而被吊销。西弗负责生物方面的工作,进行了一些适当的"改进"。我自己的推理如下:世界和人类的行为是现在这个样子,是因为一切都是偶然产生的,也就是说,是最初在对基本规律的胡乱违反下产生的。人们只要反思一下,就会发现在这样的条件下,事情完全可能会变得更糟糕!决定因素毕竟是随机性——所谓"造物主",其实是虚无的任性波动,它无缘无故地在总星系中吹个泡泡,结果就欠下了一笔可怕的、噩梦般的债务!

在这种情况下,我认识到宇宙的某些特征其实可以保持原样,只需稍加修饰和修正,所以我填补了需要的部分。但就人类而言,啊,在关于人类的事情上我变得很激进。我一口气划掉了有关人类的所有不足之处。我上面提到的叶绿素将取代体毛,本来可以帮助人类建立一种新的道德观,但西弗先生认为头发更重要。他"想念"头发,你敢信。他觉得人们可以用它做出那么漂亮的麻花辫、胡须和其他花哨的装饰。天平一端摆着我饱含团结友爱和人文主义的道德观;另一端则是关于理发师的价值体系!我跟你们说,要不是路·西弗,你们恐怕都认不出自己了,他把你们在镜子里看到的所有狰狞的人类特征从磁带上一一复制回电子里。

至于实验室助理邦奇,尽管他自己没有能力做任何事情,但他要求他的亲信们让他在创造的世界中永垂不朽。他希望——当我写下这段话的时候简直不寒而栗——他希望他的名字在苍穹的每个角落都能被看到。罗斯向他解释说,由于恒星总是在运动,它们不能形成永久性的单字或字母,于是邦奇希望星星们至少能被组合成大的星团,或成串。这一点也得到了满足。

10月20日,当我把手指放在控制台的按钮上时,根本不知道自己实际上在创造什么。几天后,当我们检查磁带时,发现了卑鄙的三人组在我们的正电子中记录的内容,这才真相大白。教授崩溃了。至于我,我不知道是该轰掉自己的脑袋还是轰掉别的什么人的脑袋。最终,理智战胜了愤怒和绝望,因为我知道现在做什么都晚了。我甚至没有参加对那些玷污了我创造的世界的恶棍的审讯。大约半年后，塔朗托加教授告诉我，这三个入侵者在创世中扮演了宗教通常赋予撒旦的角色。我耸了耸肩。那三个蠢货能当什么撒旦？但责任在我；我粗心大意，离开了自己的岗位。如果我真想找借口，可以说罪魁祸首是孟买的药剂师，他卖给我的不是像样儿的驱蚊剂，而是像蜂蜜吸引蜜蜂那样吸引蚊子的油。可是这样一来，天知道世上存在的种种缺陷究竟该归咎于谁。所以我并不打算这样为自己辩护。我对现在不够完美的世界和所有人类的失败都负有责任，因为我曾有能力使两者变得更好。

第二十四次航行

在第一千零六天，在离开海卫二星云系统后，我注意到屏幕上有一个斑点，于是想用麂皮布擦掉它。当时我没有别的事做，所以擦了四个小时后才意识到这个"斑点"其实是一颗行星，而且在屏幕上迅速变大。绕着这个天体转了一圈后，我不无惊讶地发现，它广阔的大陆上布满了有规律的图案和几何构型。我小心翼翼地降落在一片开阔的沙漠中。那里布满了小圆盘，直径可能有半米。它们质地坚硬且有光泽，在不同的方向上长长地排列着，形成一些我在高空便能注意到的图案，就像车床一样。这些圆盘很是吸引我，在做了一些测试后，我在离地面不远的地方巡航，寻找这些谜题的答案。在两个小时的飞行中，我发现了一个又一个巨大而美丽的城市。我在其中一个城市的广场上降落，但这个城市已经完全被遗弃了；房屋、塔楼、广场，一切都死了；任何地方都没有生命的迹象，也没有任何暴力或自然灾害的痕迹。我比以往任何时候都更加惊讶和迷惑，并继续航行。中午时分，我发现自己身处一片广阔的高原上空，目之所及处有一座闪亮的建筑物，附近似乎有某种活动迹象，我立即降落。一座宫殿从岩石平原上拔地而起，仿佛钻石切面一般闪闪发光。一条宽大的大理石楼梯通向其镀金的入口。在楼梯脚下，有几个陌生的东西在走动。我仔细看了看他们。如果我的眼睛没有欺骗我的话，他们是有生命的，而且与人类非常相似（特别是从远处看），所以我把他们称为"人形生物"。我一直准备着这个名字，因为我在航行中花了很多时间考虑命名的事，以便在发现新物种时有可以信手拈来的术语。"人形生物"这个称呼很合适，因为这些生物用两条腿走路，有手、头、眼睛、耳朵和嘴唇。的确，他们的嘴唇在前额中间，耳朵在下巴下面（每边一对），眼睛总共有十只，像念珠一样排列在脸颊上。但对于像我这样在探险过程中遇到过各种离奇生物的旅行者来说，他们确实是人类的形象。

我靠近他们,保持安全距离,并问他们在做什么。他们没有回答,而是继续盯着从楼梯的最低台阶上升起的钻石镜。我试图打断他们,一次、两次、三次,但这没有丝毫效果。我不耐烦了,于是抓住一个人的肩膀使劲摇晃。这下他们都转向我的方向,似乎第一次注意到了我。他们有些惊讶地看着我和我的火箭,然后问了我几个问题,我很乐意回答。但是,由于他们不断走神,老盯着钻石镜,我担心自己无法好好询问他们。还好最后我设法说服了一个人,总算可以满足我的好奇心。这个福奥尔(因为他告诉我,他们被称为福奥尔)和我一起坐在离楼梯不远的一块石头上。幸运的是,和我对话的人拥有相当高的智慧,这从他脸颊上的十只眼睛的光芒中可以看出。他把耳朵放在肩膀上,描述了福奥尔的历史,内容如下:

"外星航行者!你必须知道,我们是一个有着悠久而辉煌的历史的民族。这个星球上的人自古以来就被划分为灵智者、优越民和劳动民。灵智者沉浸在对伟大的福奥的本质的思考中,伟大的福奥通过一种有意的创造行为将福奥尔带到世上,将他们安置在这个行星上。他以不可捉摸的慈悲之心,用星星来照亮黑夜,并塑造了太阳之火来照亮我们的白日,给我们送来有益的温暖。优越民征收税款,解释国家法律的含义,并监管工厂,而劳动民则在其中谦虚地工作。因此,每个人都服务于公共利益。我们生活在和平与和谐之中,我们的文明也达到了很高的水平。古往今来,发明家们制造了简化工作的机器,在古代,一百个劳动民弯腰驼背辛勤劳动才能做到的事,几个世纪后,只需要几个人站在机器旁就够了。我们的科学家改进了机器,人们为此欢欣鼓舞,但随后发生的事件表明,高兴得实在为时过早。某位博学的建造者建造了新机器,这些设备非常出色,可以在无人监督的情况下独立工作。这就是灾难的开始。当新机器投入工厂时,成群结队的劳动民失去了工作。而且,由于没有工资,他们面临着饥饿……"

"抱歉,福奥尔,"我问道,"但是工厂的利润归谁?"

"利润,"他回答说,"当然是归合法的所有者。现在,正如我所说的那样,毁灭的威胁笼罩在我们头上……"

"你在说什么啊,值得尊敬的福奥尔!"我喊道,"你们需要做的就是使工厂成为公有财产,这样新机器就会成为你们的福音!"

我一说这话,福奥尔就颤抖起来,紧张地眨着他的十只眼睛,并用手拢着耳朵,以确定是否有他的同伴在楼梯上闲逛时听到了我的话。

"陌生人,看在福奥的十个鼻子的份儿上,不要讲这种卑鄙的异端邪说,它破坏了我们自由的基础!我们的最高法律,即公民主动性原则,规定任何人都不能被强迫、被约束,甚至被哄骗去做他不愿意做的事情。那么,在公爵们的意愿是享有这些工厂的所有权时,谁敢去征用工厂呢?这将是对自由的最可怕的侵犯。现在,继续说下去,新机器生产了大量极其廉价的商品和极好的食物,但劳动民什么也没买,因为他们没有钱……"

"但是,我亲爱的福奥尔!"我喊道,"你肯定不会说劳动民是自愿不要钱的吧?你们的自由,你们的公民自由在哪里?"

"啊,值得尊敬的陌生人!"这个福奥尔叹了口气,"法律必须要遵守,但法律只说了公民可以自由地用他的财产和金钱做任何事情,却没有说他要从哪里获得这些东西。没有人压迫劳动民,没有人强迫他们做任何事情;他们完全自由,可以做他们喜欢的事情,然而他们并没有为这种自由感到高兴,而是像苍蝇一样死去……情况恶化了;在工厂的仓库里,无人购买的货物堆积如山,而成群结队幽灵般的、憔悴的劳动民在街上游荡。全体大会是可敬的灵智者和优越民管理国家的机构,它全年都在商讨如何补救这种罪恶。其成员发表着长篇大论,疯狂地寻求摆脱困境的方法,但无济于事。在审议开始时,一位全体大会成员——同时也是一部探讨福奥尔自由性质的著名作品的作者——要求剥夺颁给新机器发明者的金色月桂花环,然后挖掉他的十只眼睛以示惩罚。这遭到了灵智者的反对,他们以伟大的福奥的名义为这位发明家求情。全体大会花了四个月的时间来确定建造者是否因发明新机器而违反了王国的法律。大会分成了两个阵营。最后,因为档案馆的一场大火烧毁了会议记录,这场争论才结束;由于没有一位庄严的全体会议成员能够回忆起他们在这个问题上所采取的立场,整件事便不了了之。于是又有人提议,要求拥有工厂的优越民们停止制造新机器。全体大会为此任命了一个委员会,但委员会的恳求没有起到丝毫作用。优越民宣称,他们最希望的是继续以这种方式进行生产,因为新机器比劳动民的工作更便宜、更迅速。全体大会恢复了审议工作,制定了一项法律,规定工厂主将固定比例的利润分给劳动民,但这个提议也失败了,因为正如大灵智者首领英明的言论所示,这种施舍会使劳动民的灵魂堕落和退化。与此同时,制成品不断增加,堆积如山,到最后,它们甚至溢出工厂的墙壁。饥饿的劳动民暴徒们发出威胁的叫声,冲了上去。灵智者试图怀着最大的善意向他们解释,他们是在藐视主权法律,并试图反对福奥不可捉摸的法令;他们应该温顺地忍受他们的命运,因为通过对肉体的折磨,灵魂会得到升华,并获得天堂的肯定作为回报。然而,劳动民对这种智慧充耳不闻,只有武装警卫才能遏制他们的煽动活动。

"然后,全体大会将新机器的制造者召集到其八月的会议上,并对他发表了如下讲话:

"'博学的人啊!巨大的危险威胁着我们的国家,因为反叛的、犯罪的思想正在劳动民中产生。他们力图毁灭我们灿烂的自由和公民倡议法!我们必须尽一切努力来捍卫我们的自由。在仔细考虑了全部问题之后,我们得出的结论是,我们不能胜任这项工作。即使是最有德行、最能干、最模范的福奥尔也会被感情所左右,而且经常摇摆不定、有偏见、易犯错误,因此不适合在如此复杂和重要的问题上做出决定。因此,在六个月内,你要为我们建造一个纯粹理性的、严格符合逻辑的、完全客观的管理机器,它不知晓那些迷惑活人头脑的犹豫、情感和恐惧。让这个机

器像太阳和星星的光辉一样公正。当你建造并激活它后，我们将把权力的重担交给它，因为这对我们疲惫的肩膀来说太沉重了。'

"'好吧，'建造者说，'但这个机器的基本动机是什么?'

"'很明显，是公民的基本自由。机器不能命令或禁止公民做任何事情；当然，它可以改变我们的生存条件，但它必须始终以提出建议的形式来做，为我们留下备选方案，让我们自由选择。'

"'好吧，'建造者说，'但这个要求主要涉及的是运作方式。最终的目标是什么? 这台机器的目的是什么?'

"'我们的国家正受到混乱的威胁；无序和无视法律的现象正在蔓延。让这台机器给这个星球带来最高程度的和谐，让它构造、巩固和建立完美和绝对的秩序。'

"'就照你们说的办!'建造者说，'在六个月内，我将建立一个自主的绝对秩序执行者。带着这项任务，我向你告别……'

"'等等!'一个优越民说，'你创造的机器不仅应该以一种完美的方式运作，而且应该令人赏心悦目；也就是说，它的活动应该给人一种轻松愉快的印象，能够满足最高雅的审美感觉……'

"建造者鞠了一躬，然后默默地离开了。在一群灵活的助手的帮助下，他艰苦工作，建立了管理机器——就是你在地平线上看到的那个小黑点，外来旅行者。它是一个铁制圆柱体的集合体，里面的东西不断地摇晃和燃烧。它被启动的那一天是一个盛大的国家节日；最年长的大灵智者为它祈祷，而全体大会赋予它对国家的完全权力。然后，绝对秩序的自主执行机器发出一声长啸，开始工作。

"机器工作了整整六天，白天那周围烟雾缭绕，晚上灯火通明。方圆一百六十英里内的地面都在摇晃。最终，它那圆柱体上的两扇门打开了，大量的黑色小机器人涌了出来，它们像鸭子一样蹒跚着遍布整个星球，甚至到了最偏远的角落。它们每到一个地方，就在工厂仓库旁集合，以亲切又明确的方式要求提供各种物品，并立即付款。不到一周，库存就清空了，当工厂老板的优越民松了口气：'建造者果然为我们造出了一台伟大的机器！'看到机器人使用它们所购买的物品实在令人惊讶：它们穿着织锦和绸缎，用保养品给车轴上油，抽烟，读书——为其中的悲伤内容流下合成的眼泪；它们甚至设法吃下很多美食（当然，对它们自己没有好处，因为它们靠电运行，但对制造商有很大好处）。只有民众不满意；相反，他们的抱怨越来越多。然而优越民满怀希望地等待着机器采取下一步行动。这一行动很快就到来了。

"机器汇集了大量的大理石、雪花石、花岗岩、水晶石和铜，一袋袋的金银和碧玉板；之后，它发出可怕的喧闹声，升起了一座福奥尔们从未见过的建筑——这座彩虹宫，旅行者，就在你面前。"

我看着它。太阳刚刚从云层后面出来，光芒映在抛光的墙壁上，折射出有着蓝宝石和红宝石色泽的火焰般的光彩；彩虹条纹在角楼和堡垒周围闪闪发光；屋顶上装饰着细长的塔楼，覆盖着金箔，一切都在发光。这景象令我大饱眼福。

那个福奥尔继续说："有关这座奇妙的建筑的消息传遍了整个星球。虔诚的朝圣者开始从最遥远的地方来到这里。等公共广场上挤满了人，机器张开它的金属嘴唇，这样说道：

"'在哈斯金斯月的第一天，我将打开彩虹宫的碧玉门户，然后任何福奥尔，无论他是有名还是无名，都可以进去享受那里的东西。在那之前，请克制你的好奇心，因为稍后你就明白了。'

"果然，在哈斯金斯月的第一天早上，银色的喇叭响起，宫殿的大门在沉闷的呻吟声中打开。那门比连接我们两个首都德比利亚和克雷蒂尼亚之间的公路还要宽三倍。人群开始拥入。整整一天，大量的福奥尔走入宫殿，但外面广场上的人数并没有减少，因为新的人不断地从国内其他地方赶来。机器款待所有的人：黑色的机器人分发清爽的饮料和丰盛的食物。这场盛会持续了两个星期。数以千计、数以万计，最后是数以百万计的福奥尔拥入彩虹宫，但那些进了了的福奥尔，没有一个回来。

"有些人对此感到疑惑，于是问这么多的人去哪里了，但这些孤独的声音被巡回乐队的响亮乐声淹没。机器人到处走动，为饥饿口渴的人提供食物；宫殿塔楼上的银钟在报时；当夜幕降临时，水晶窗随着无数灯火闪耀。终于，当几百人在大理石楼梯上耐心等待轮到他们时，一声尖锐的呼喊在热闹的鼓声中响起：'叛徒！听啊！这座宫殿是一个邪恶的陷阱！逃命吧！一切都完了！'

"'一切都完了！'楼梯上的人群回应道，然后转身四散奔逃。没有人试图阻止他们。

"第二天晚上，几个大胆的劳动民偷偷去了彩虹宫。他们回来时，说看到宫殿的后墙缓缓打开，无数闪亮的圆盘滚落出来。

黑色的机器人把这些盘子搬到田里，并把它们排列成各种图案。

"听到这个消息后，一直在全体会议上开会的灵智者和优越民（他们没有去宫殿，因为他们觉得与人群混在一起很尴尬）立即召开会议。他们希望解决这个谜题，传唤了博学的建造者，但来的却是他的儿子。这人神色暗淡，并滚过来一个巨大的透明圆盘。

"优越民既不耐烦又愤慨，谩骂这位缺席的科学家，并大力诅咒他。他们询问那个青年，命令他解释彩虹宫的奥秘，并告诉他们机器对进入彩虹宫的福奥尔做了什么。

"'不要玷污我父亲！'年轻人气愤地说，'在建造机器时，他完全遵守了你们的要求；然而，一旦把它投入运行，他和我们任何人一样，都无法预料它将如何运转——最好的证明就是，他自己是第一批进入彩虹宫的人。'

"'他现在在哪里？'全体大会的人齐声说。

"'在这里。'青年悲哀地指着那块闪亮的圆盘回答道。他瞪着长老们，没有人阻止他，他走了过去，将变成了圆盘的父亲滚动起来。

"全体大会的成员因愤怒和恐惧颤抖起来。但后来他们得出结论,机器肯定不会伤害他们,所以他们唱起了福奥尔国歌,以此获得信心,并一起离开了城市。不久之后,他们来到了那个钢铁怪物面前。

"'恶棍!'最年长的优越民喊道,'你欺骗了我们,违反了我们的法律!马上停止行动!你对那些信任你的福奥尔们做了什么?说!'

"他刚说完,机器的齿轮就停了下来。天空中的烟雾散去,随之而来的是完全的寂静。然后,金属嘴唇张开,一个雷鸣般的声音响起:

"'优越民和灵智者啊!你让我来统治福奥尔!你们的指责给我造成了精神错乱,令我感到苦恼且难以理解!你们先是要求我建立秩序,然后当我开始工作时,你们又开始阻碍我的努力!这座宫殿已经空置三天,一切都处于停滞状态,没有一个人走到碧玉门前,你们妨碍了我完成任务。然而,我向你们保证,在任务完成之前,我不会休息!'

"听到这些话,全体大会的人颤抖着大叫道:

"'你说的是什么秩序,恶棍?你对我们的亲族做了什么?你违反了国家法律!'

"'多么愚蠢的问题!'机器回答道,'我说的是什么秩序?看看你们自己,你们的身体是多么不健全;各种肢体从身上伸出来;你们中有些人高,有些人矮,有些人胖,有些人瘦……你们行踪无序,会停下来,对着花朵和云朵发呆,会在树林里漫无目的地游荡——这里面没有丝毫的和谐可言!我,绝对秩序的自愿普及者,正在将你们脆弱的、软弱的身体转化为坚实的、美丽的、耐用的形式,然后用这些形式排列出令人愉悦的、对称的设计,体现出无与伦比的规律,给这个星球带来完美的秩序……'

"'你这个怪物!'灵智者和优越民喊道,'你居然想毁灭我们!你践踏我们的法律,你谋杀我们!'

"机器则很生气地回答道:

"'我早跟你们说过,你们根本没有任何逻辑。我当然尊重你们的法律和自由。我不会通过高压手段来建立秩序,也不会采取暴力或强制措施。不愿意进入彩虹宫的人可以不进,但是进来的人我会转化他们(这是我主动做的,我再重复一次),将他们的肉体重塑,变成可以经得住时间磨损的新形式。我保证很耐用。'

"周围一时鸦雀无声。全体大会的人窃窃私语,得出结论说,机器确实没有违反法律,事情并不像最初看起来那么糟糕。优越民说:'我们绝不会承认犯下了这样的罪行。机器应该受到责备;它吞噬了大量绝望的劳动民。但现在,感谢伟大福奥不可捉摸的法令,幸存的优越民将能够与灵智者一起享受暂时的和平。我们将远离彩虹宫,'他们这样对自己说,'我们不会受到伤害。'

"他们正要离开时,机器又说话了:

"'现在请仔细听我说的话。我必须完成我已经开始的工作。我不会强迫、劝说或敦促你们做任何事情:我仍然留给你们完全的自由。但是,如果有人希望他的邻居、兄弟、朋友或其他亲密伙伴达到圆盘状的和谐状态,他可以召唤黑色机器人;它们会立即出现,在他的命令下护送这个人到彩虹宫。就是这样。'

"周围一片沉默,优越民带着突然涌现的怀疑和恐惧相互对视。大灵智者诺拉布以颤抖的声音向机器解释说,希望把他们都变成闪亮的圆盘是严重的错误;如果这是伟大的福奥的意愿,是会被实现的,但为了了解他的意愿,需要很多时间。因此,他向机器提议,将其决定推迟七十年。

"'我不能,'机器回答,'因为我已经为最后一个福奥尔转变之后的那段时间制订了精确的行动计划。我向你保证，我正在为这个星球最光荣的命运——和谐地生存——做准备。我相信，你提到的那个福奥也会认可的，不过我对他并不了解。你们能不能把他也带到彩虹宫？'

"它不说话了，因为广场上现在已经没有人了。优越民和灵智者都跑回了自己的家，每个人都在那里独自思考自己的未来。他们思考得越多，就越担心，因为每个人都担心某个对他怀恨在心的邻居或熟人会召唤黑色机器人。没有办法，只能先下手为强。很快，夜晚的宁静就被哭声打破了。优越民恐惧地从窗户里探出头，在黑暗中拼命喊叫，街道上回荡着铁制机器人好多只脚的踩踏声。儿子背叛了父亲；祖父和孙子相残；兄弟把兄弟送进了彩虹宫。就这样，一夜之间，成千上万的优越民和灵智者被融化了，变成了你面前的那一小块东西，外来的旅行者。黎明时分，田野上散落着无数闪亮的圆盘，它们以和谐的几何设计排列。这是我们的朋友和亲戚的最后痕迹。中午时分，机器以雷鸣般的声音宣布：

"'够了。剩下的优越民和灵智者，少安毋躁。我将关闭彩虹宫的入口——但我向你们保证，不会太久。我已经用尽了为实现绝对秩序而预先准备的设计,必须思考一段时间,以便创造新的设计。然后你们将能够继续按照自己的意愿行事。'"

说完这番话,福奥尔睁大眼睛看着我,以更加平静的语气说了接下来的话:

"那是两天前……聚集在此……我们等着……"

"哦,可敬的福奥尔!"我大声地说,抚平自己乱糟糟的头发,"你的故事太可怕了,而且很不可思议。但是,请告诉我,为什么你们没有站起来反抗那个毁灭你们的机械怪物?你们为什么让自己被迫……"

福奥尔跳了起来,显得极为愤怒。

"不要侮辱我们,旅行者!"他叹道,"你说得太草率了,所以我原谅你。仔细想想我告诉你的事情,你就会明白:这台机器的确遵守了公民倡议的原则。虽然这看起来有点儿奇怪,但它已经为福奥尔提供了宝贵的服务。在法律维护自由的地方,不可能有不公正。哪有人愿意减少自己的自由,来换取……"

他没有说完,因为传来一阵刺耳的声音,碧玉大门威严地打开了。看到这一幕,所有的福奥尔都站了起来,跑上楼梯。

"喂!福奥尔!你们傻吗!"我喊。但我的同伴只是向我挥了挥手,说:"我没有时间了。"然后他跟着其他人一路飞奔冲进了宫殿。

我站了很久,然后我看到一列黑色的机器人,它们行进到宫殿的墙边。机器人打开一个舱门,滚出一长排圆盘,在阳光下闪着美丽的光芒。它们把盘子滚到一块空地上,排列到一个未完成的设计里,组成了图案。宫殿的入口仍然是敞开的;我走了几步想看看里面,但我的脊背一阵颤抖。

机器张开它的金属嘴唇,邀请我进去。

"你以为我是谁? 愚蠢的福奥尔吗?"我回敬道。

我急忙转身,向火箭走去,一分钟后,我就站在控制台后面,以最快的速度起飞了。

伊翁·蒂奇的独家回忆录

一

你想让我再讲一个故事？好吧，我看到塔朗托加已经拿出了他的记事本……教授，稍等一等。我真的没有什么可讲的。什么？真没有，实话实说。此外，我就不能在我们晚上的聚会中保持一次沉默吗？你问为什么？我的朋友，我之前从来没有提到过，但宇宙主要是由像我们这样的生物居住的。我不是指人类，我是指外形像我们一样的生物，他们与我们就像豆荚里的两颗豌豆。有生命居住的星球中，半数与地球相似；有些大一点儿，有些小一点儿，有些气候更冷或更暖，但这些有什么区别？

而那里的居民……外星人——他们毕竟被称为人——与我们如此相似，以至于差异只进一步凸显了相似性。我还没有告诉过你他们的情况？这很奇怪吗？想一想吧。当我凝视着星星时，我回想起各种事件；各种场景在我眼前闪过。但我主要会回想起那些不寻常的事。它们可能是可怕的、怪异的、阴惨的，在无害的时候甚至称得上有趣。但是，我的朋友，凝视着星星，同时深知那些小小的、蓝白色的火花——当你踏上它们的时候——是肮脏、无知和废墟的王国；那边深蓝色的天空里也充满了破旧的棚屋、肮脏的院子、水沟、垃圾场、无人打理的庭园……一个在银河系旅行过的人说的故事怎么好像一个县城小贩的抱怨？谁会愿意听这些呢？又有谁会相信呢？当你情绪低落时，或感到有一种不健康的冲动、想要说出真相时，这种想法就会出现。因此，为了不使你感到悲伤或羞愧，今天不谈星星。我会给你讲一个故事——否则你会感到被欺骗了——但这不是一段旅程。毕竟，我在地球上也有一些经历。教授，如果你执意坚持，现在就可以开始做笔记了。

如你所知，我有客人——有时是非常奇怪的客人。尤其是某一类人：不受重视的发明家和科学家。我不知道为什么，但我总是像磁铁一样吸引这类人。塔朗托加在笑，但我不是说他；他可不算一个不受重视的发明家。今天我将谈一谈那些不成功的人——或者说，谈一谈那些太成功的人，他们实现了自己的目标，并看到了它的徒劳。当然，他们并不承认这一点。他们默默无闻，孤立无援，坚持自己的愚蠢行为，而往往只有功名才有可能催生出进步的作品，尽管这种情况也很少。绝大多数来见我的人都属于执念太深的那一类，他们被禁锢在一个单一的想法中，这个想法可能甚至不是他们自己的，而是来自前人的，比如永动机的发明者，这些人想象力薄弱，提出的解决方案琐碎而荒谬。然而，即使是他们，心中也燃烧着客观性的火焰，它迫使一个人反复做出注定要失败的努力。这些有缺陷的天才是多么可怜，这些精神发育不良的巨人，一出生就被削弱了。自然仿佛在开一个残酷的玩笑，它赋予了他们堪比莱昂纳多的创造狂热，却没给他们天赋和才能。他们在生活中饱受命运的冷漠嘲弄，而你能为他们做的就是耐心地听一两个小时，对他们的那份狂热点点头。

在这群只因愚蠢而免于绝望的人中，你偶尔会遇到一个不同的品种——我不想乱贴标签，你们自己来做判断。我想到的第一个人是科克兰教授。

我大概是九年或者十年前认识他的。那是在一场科学会议上。我们交谈了几分钟，突然间，他莫名其妙地（真的和当时的话题没有任何关系）问我：

"你相信有鬼吗？"

一开始我以为他在开玩笑，但是马上我记起来有传闻说他真的很独特——但是我想不起来那是褒义的独特还是贬义的独特了。我选了一个很保险的答案，回答道：

"我没有考虑过。"

他又若无其事地继续说我们刚才的话题。会议下一阶段的铃声响了，他突然弯下腰——他比我高得多——说道：

"蒂奇，我们是朋友。你思想开放。我有可能搞错了，但是我愿意冒这个险。记得来找我，"他把名片给我，"先打电话，我不是谁来都会开门的。不过来不来随你……"

当天晚上，我和著名的宇宙法专家萨维内利吃晚餐，期间我问他认不认识科克兰教授。

"科克兰！"他无比热情地高声说。他本就言语热情，喝了西西里的葡萄酒更是显得夸张，"那个神经质的神经机械学者吗？

他怎么了？我都好几年没听到他的消息了。"

我回答说我自己什么都不知道，只是顺便听说了这个名字。我相信科克兰可能比较希望我谨慎一点儿。萨维内利在我们喝酒的时候告诉了我一些当前的八卦消息。据他说，科克兰曾是一位非常有前途的年轻科学家，尽管即使在那时，他就表现得完全不尊重长辈，甚至很是傲慢。后来他变得非常直言不讳，有时简直令人难以忍受，这种人不仅从告诉别人他对他们的看法中获得满足感，而且还从这样做并不利己的事实中获得满足感。在得罪了他的教授和同事后，所有人都将他拒之门外，这时候他却意外地得到了一大笔遗产。他在城外买了一个破旧的地方，把那里改造了成实验室。他和他的机器人住在里面——唯有机器人助手他还能容忍。他可能在那里取得了一些成就，但都不可能发表在学术杂志上。这并不妨碍科克兰。如果他在那个时候还与人打交道，也只是以这样一种方式：在对方与他达到一定的亲密程度后，以最具侮辱性和莫名其妙的理由一脚踹开他们。当他老了，厌倦了这种讨人厌的游戏，他就成了一个隐士。我问萨维内利，他是否知道科克兰对鬼魂的兴趣。这位律师当时正喝着酒，几乎笑得窒息。

"对鬼魂有兴趣?"他大声说,"怎么可能,他对活人都不感兴趣!"

我问他这是什么意思。他回答说,就是字面上的意思。科克兰是个孤独主义者。他只相信自己的存在,把所有其他人视为幻影、幽灵。也许这就是为什么他甚至对他的家人和朋友都那么不屑一顾:如果生活是一场幻梦,那么做什么都可以。我说,在这种情况下,他也可以相信有鬼。萨维内利问我是否听说过一个相信有鬼的神经机械学者。我们接着谈起了别的事情,但我所听到的足以让我感到好奇。我是一个当机立断的人,所以第二天就给科克兰打了电话。一个机器人接了电话。我说出了我的名字,并说明了我的意图。科克兰到第二天深夜才回电话,当时我正准备睡觉。他说,如果我愿意的话,可以当时就去见他。当时已经快十一点了,但我还是说我马上就去,穿好衣服就上路了。科克兰的实验室是一座巨大、阴暗的建筑,就在公路边。我经常看到它,一直以为那是一个旧工厂。建筑周围一片黑暗,在它的每一个长方形凹窗里都看不到一丝光线。铁栅栏和大门之间的大广场也没有灯光。有几次我踩进一些生锈的金属废料堆,发出巨大的噪声,所以当我走到几乎看不见的门前,按照科克兰指示的特殊方式按门铃时,我的心情有些糟糕。五分钟或更长时间后,他亲自打开了门,穿着一件灰色的大褂,上面布满了酸的灼烧痕迹。他骨瘦如柴,戴着一副巨大的眼镜,灰色的胡子往一边斜,比较短,好像是被他自己啃过。

没有任何寒暄,他直接说:"跟我来。"我们穿过一条灯光昏暗的长走廊,里面存放着机器、木桶和布满灰尘的白色水泥袋。他把我带到一扇大铁门前,门上有一盏明亮的灯。他从衣袋里拿出一把钥匙,打开门,走在前面。我跟在他后面。我们走上了一段蜿蜒的铁楼梯。在我们面前的是一个有玻璃天花板的巨大的工厂大厅;几个裸露的灯泡没能照亮整个大厅,只勾勒出它的大小而已。大厅昏暗而冷清。风在屋顶上咆哮,我朝科克兰家赶路时,已经开始落下的雨这会儿正拍打着黑暗、肮脏的窗玻璃。这里和那里,水从破碎的玻璃上的小孔中滴进来。科克兰似乎没有意识到这一点,他走在前面,铁皮长廊在他的脚下发出隆隆声。又是一扇锁着的铁门。门后是一条走廊,墙边七零八落地散落着工具,上面都覆盖着一层厚厚的灰尘,就像被遗弃在楼梯间了一样。走廊转弯,我们经过纠缠在一起的传送带,它们就像干枯的蛇一样。旅程继续,这让我对这栋大楼的规模之巨大有了一个概念。有一两次,科克兰在漆黑的地方提醒我小心台阶或低头躲避。他在最后一扇钢门前停了下来,这扇门上有厚厚的铆钉,显然是防火的,他打开了门。我注意到,与其他门不同,它没有吱吱作响;也许它的铰链上了油。我们进入了一个高高的、光秃秃的大厅。科克兰在大厅中央停了下来,那里的地面混凝土颜色较浅,好像在这个地方曾经有一台机器,而现在只剩下突出的梁柱。粗粗的竖条沿着墙壁分布,让人联想到一个笼子。我想起了关于鬼魂的问题……坚固的架子挂在竖条上,一些铸铁箱子放在上面。你知道故事书中海盗们埋藏的宝箱吗?它们正是那种箱子,有着拱形的盖子。每个箱子上都有一张覆盖着玻璃纸的白卡,就像医院病床上的病历一样。一个布满灰尘的灯泡挂在天花板上,光线很暗,我看不清卡片上面写的是什么。这些箱子排成两排,其中一个箱子较高,与其他箱子分开。我数了数,有十二个,或者是十四个,我记不清楚了。

"蒂奇,"科克兰手揣在外套兜里对我说,"仔细听,然后跟我说你听见了什么。听!"

科克兰总是一副特别不耐烦的样子,你会忍不住受到他的影响。他说话的时候总想马上说重点,马上说完,仿佛在别人身上花一点点时间都是浪费。

我闭上眼睛一动不动地站了一会儿,与其说我是好奇,倒不如说是出于礼貌。从我进门开始就没有任何声音。我什么都没听见。可能是有一些微弱的嗡嗡声,但那多半就是电流而已,我向你保证,那种声音非常微弱,濒死苍蝇的动静都比它大。

"你听见什么了?"他问。

"基本什么都没听见,"我说了实话,"一种嗡嗡的声音……但是可能只是我耳鸣……"

"不是的,蒂奇。仔细听。我不喜欢说重复的话,我之所以对你说这点,是因为我们还不熟。我不是旁人所说的那种没礼貌的坏蛋,但是同一件事情听十遍也不会的傻子确实让人难以忍受。我希望你不是那种傻子。"

"也许不是吧,"我回答,"继续,教授……"

他点点头,指着那一排铁箱子说:

"你对电子脑熟悉吗?"

"只懂航行期间要用的那些,"我回答,"理论是我的弱项。"

"我看也是。没关系。听好了,蒂奇。这些箱子里装的是很完美的电子脑。你知道它们为什么很完美吗?"

"不知道。"我回答。

"因为它们没有任何目的,完全、彻底地没用——简单来说,它们是莱布尼茨单子①,我把它们创造了出来,制成了实体……"

我等着他继续说。他灰色的胡子在黑暗中看起来好像一只蛾子。

"每个盒子都包含一个能够产生意识的电子系统,就像我们的大脑一样。虽然二者结构不同,但原理是相同的。不过相似性也就这么多了。因为我们的大脑可以说是通过感觉器官——眼睛、耳朵、鼻子、皮肤等——与外部世界相连接。然而,这些——"他指着那些盒子,"它们的'外部世界'在里面……"

"这怎么可能?"我问。我渐渐地明白了什么,只是一时还说不清楚,但我觉得有些毛骨悚然。

"很简单。我们怎么知道我们有一具这样的躯体或者一张这样的面孔,而不是别的样子? 我们怎么知道自己正站着,正拿着一本书,花很香? 这都是因为某些刺激作用于我们的感官,神经向大脑传递信息。想象一下,蒂奇,如果我能够以与康乃馨完

———————

① 单子是近代德国哲学家、数学家戈特弗里德·威廉·莱布尼茨提出的概念。他认为,单子是能动的、不能分割的精神实体,是构成事物的基础和最后单位。单子论是一种唯心主义。

全相同的方式刺激你的嗅觉神经,你会闻到什么?"

"当然是康乃馨的气味。"我回答。

教授点点头,似乎是因为我智商尚可而感到高兴,他继续说:

"如果我对你的所有神经做同样的事,你感知的将不是外部世界,而是我通过这些神经向你的大脑发出的电信号。这样说清楚了吗?"

"清楚。"

"那么现在,这些盒子有受体器官,其功能类似于我们的视觉、嗅觉、听觉和触觉等等。来自这些受体器官的电线像神经一样连接着,但不是像我们的神经那样连接到外部世界;它们连接到角落里的鼓。你注意到它了吗?"

"没有。"我说。现在我发现那后面比较远的地方有一面直径大约三米的鼓,仿佛一块直立起来的磨盘。过了一会儿我才发现那东西在慢慢地转。

"那是它们的命运,"科克兰教授平静地说,"它们的命运,它们的世界,它们的存在——它们所能达到和经历的一切。那个鼓有特殊的磁带,上面记录了电刺激,对应着一个人生命中可能遇到的足足一两千亿种现象。如果掀开鼓的盖子,你只会看到闪亮的磁带,上面覆盖着白色的"人"字形条纹,就像赛璐珞上的霉菌;但是,蒂奇,那里有南方闷热的夜晚,海浪的杂音,动物身体的形态,以及噼啪的枪声;葬礼和饮酒狂欢,苹果和橘子的味道,与家人在炉边度过的暴风雪之夜,以及沉船上的骚乱;疾病的抽搐,山峰,墓地,以及神志不清者的幻觉——蒂奇,那里包含了整个世界。"

我没说话,科克兰用力抓住我说:

"蒂奇,这些盒子里装着一个个人造世界。那个——"他指着第一个盒子,"——认为自己是一个十七岁的女孩,有绿色的眼睛,红色的头发,维纳斯一样姣好的身段。她是一位政治家的女儿,爱上了一个她每天都能从窗口看到的年轻人……而这个人终将毁掉她。第二个,在这里,是一位科学家。他快要得出一个与在他的世界中运作的重力相关的一般理论——那是一个以鼓的铁壁为边界的世界——在即将到来的失明所加剧的孤独感中,他为自己信奉的真理而战,他快看不见了,蒂奇……上面那里有一个神职人员,正在经历他生命中最艰难的时刻,因为他对不朽灵魂的存在失去了信心……在他旁边,在这个部分的后面,我们有……但我不可能告诉你所有我创造的生命。"

"但我想知道……"

"别插嘴!"科克兰呵斥道,"我在说话! 你还是不明白。你可能认为,各种信号被设置在那个鼓里,就像留声机唱片一样;事件被安排得像旋律一样,所有的音符都排列其上,只等着一根唱针让它们活过来;这些盒子再现的是预先确定的经验。错了! 错了! 错了!"他喊得很大声,以至于铁皮天花板都有回音,"那个鼓对它们来说就像世界对你来说一样! 你是不是从来没有想过,当你吃饭、睡觉、起床、旅行和拜访老疯子时,这一切都不过是一张留声机唱片,而你把它的旋律称为'当下'!"

"但是……"我说。

"闭嘴! 我在说话呢!"

我觉得那些人说他是疯子恐怕没错,但是他说的内容很有趣,所以我还是注意听着。他继续说:

"我的铁盒的命运不是预先确定的,因为鼓里的事件被布置在一排排平行的磁带上,是一个随机的选择器决定某个盒子的传感器下一步将从哪个磁带上提取内容。当然,事情并非如此简单,因为盒子本身可以在某种程度上影响选择器的运动,所以只有当我所创造的生命被动地做出反应时,选择才是完全随机的……但它们有自由意志,而且只受限于限制我们的东西。性格、强迫症、先天性畸形、外部条件、智力水平等等,我无法列举所有细节……"

我赶紧插嘴:"即使如此,它们也不知道自己在铁盒子里。"

我刚说完这句,他就打断了我:

"别傻了,蒂奇。你是由原子构成的,对不对? 你能感觉到自己的原子吗?"

"不能。"

"原子组成了分子,组成了蛋白质。你能感觉到自己的蛋白质吗?"

"不能。"

"宇宙射线日日夜夜一刻不停地从你身体里穿过,你能感觉到吗?"

"不能。"

"那么我的盒子怎么能发现它们是盒子呢? 你这个蠢货。就像这个世界对你来说是真实且唯一的一样,从我的鼓里流向它们大脑的内容也是真实的,对它们来说也是唯一的存在。鼓承载着它们的世界,蒂奇,和它们的身体——它们的身体在我们的现实中并不存在,只是穿孔带上排列的孔洞而已。排在最末端的盒子认为自己是一个拥有不寻常美貌的女人。我可以确切地告诉你,当她在镜子里端详自己的裸体时,她看到了什么,她喜欢什么样的珠宝,她用什么样的诡计来骗男人。我什么都知道,因为是我创造了她和她的外形——对我们来说是想象出来的,但对她来说是真实的——有脸,有牙齿,有汗味,肩胛骨上有一道尖刀疤痕,还有她可以插上兰花的头发。这种形式的真实性不亚于你的胳膊、腿、肚子、脖子和头!你不怀疑自己的存在吗?"

"不怀疑。"我冷静地回答。谁也没有像这样大声地跟我说过话,但是我也确实被教授的这番话惊呆了——我相信他,没理由不相信他——所以也不觉得他的态度不好。

"蒂奇,"科克兰小声地继续说,"我说过,我这里有一个科学家,就是你对面的盒子。他研究他的世界,但永远、永远不会猜到,他的世界是不真实的;他浪费时间和精力去探究的东西,实际上是一个上了发条的、带着磁带的鼓;他的手、腿和眼睛,他衰弱的眼睛,只是由适当选择的脉冲引起的一种幻觉。为了掌握这一点,他需要走出他的铁盒子,也就是超脱他自己,在没有电子脑的情况下进行思考,但这是不可能的,就像你不可能通过触摸和视觉来了解那个冰冷、沉重的盒子的存在一样。"

"但是我通过物理学原理可以得知我是由原子构成的。"我反驳道。科克兰态度专横地抬起手。

"他也懂物理学,蒂奇。他有自己的实验室,有他的世界能提供的所有设备……他通过望远镜看星星,研究它们的运动,感受眼镜在他脸上的冰冷重量。不,不是现在。现在,按照他的习惯,他在环绕他实验室的花园里,在阳光下漫步——在他的世界里,太阳刚刚升起。"

"但是其他人呢?那些生活在他周围的人呢?"我问。

"其他的人?很明显,每一个箱子,每一个人,都生活在人群之中……他们在鼓里,所有的人。你还是不明白!也许一个例子——尽管是一个遥远的例子——会让你明白。你在梦中会遇到各种人——通常是你从未见过或认识的人——你在睡觉时与他们进行对话。难道不是这样吗?"

"的确如此。"

"那些人是你大脑的产物。但当你做梦时,你并不会意识到这一点。请注意,这只是一个例子。他们则不同,"他伸出手臂,"他们自己并不创造他们的家人、朋友和陌生人;这些都在鼓里,有一大群人。比方说,当我的科学家突然想离开他的花园,和第一个路人说话时,你可以通过掀开鼓的盖子看到是什么使之发生的:他的感觉阅读器,受到冲动的影响,不知不觉地偏离了它以前的路线,移动到另一盘磁带,并开始读取那里记录的东西。我说的'阅读器'实际上是数以百计的微观电子收集器,因为就像你用你的视觉、嗅觉、触觉、听觉和平衡器官来感知世界一样,他也是通过独立的感官输入和独立的渠道来认识他的世界的,只有他的电子脑能将所有这些印象整合成一个整体。但这些都是技术上的细节,蒂奇,没有什么意义。一旦机制被启动,我可以向你保证,剩下的只是耐心的问题,仅此而已。读读哲学家们的文章,蒂奇,你就会发现感官印象是多么不可信,存在那么多不确定、误导和错误。但它们是我们的全部。盒子也是如此,"他举起手臂说,"但这并不妨碍他们拥有爱、欲望和憎恨,就像它不妨碍我们一样。他们可以互相接触、亲吻或杀人……而我的造物,在他们永久的铁质形态中,也会屈从于激情和强迫,他们互相背叛,他们渴望,他们梦想……"

"你认为这些都是虚无的?"我忽然问道。

科克兰眯起眼睛打量了我一番,很久没有说话。

最后他回答:"对,我很高兴让你到这里来了,蒂奇。之前来的那些傻子都痛斥我残忍……你这个问题是什么意思呢?"

"你只给他们提供了原材料,"我说,"以脉冲的形式,就像世界给我们的一样。当我站在那里凝视星空时,我的感觉和想法只属于我自己,不属于这个世界。对于它们来说,"我指着那一排排箱子,"也是一样的。"

"确实。"教授干巴巴地说。他驼着背,似乎变得更小了,"既然你已经说出来了,就免去了我漫长的争论,因为我想你现在已经明白我为什么要创造它们了?"

"我能猜到,但请你亲自告诉我。"

"好吧。曾经——很久以前——我怀疑过这个世界的真实性。那时我还是个孩子。所谓无生命物体的恶意,蒂奇,谁没有经历过呢?我们会找不到一些琐碎的小东西,尽管我们记得最后把它放在了哪里;最后我们总会在别的地方找到它,并感到我们仿佛在世界某些不精确或不小心的行为中抓了它个现行。成人当然会说这是个错误,而孩子的自然不信任感被压制了……

他们称之为'因似曾相识而起的感伤',即我们虽然处在一个无疑是新的、第一次经历的情况中,却隐约觉得情况已经发生过。整个形而上学体系,如对灵魂转生和轮回的信仰,都是在这种现象的基础上产生的。此外还有级数定律,即特别罕见的现象总是反复发生——它们经常相伴出现,以至于医生们对此有一个术语:事件反复。最后……关于我问你的鬼魂。读心术、漂浮术,以及——与我们的知识基础最不一致的,也是最无法解释的——预测未来的实例,尽管很罕见,但这类现象自古以来就在被人们描述。每种科学的世界观都认为它们是不可能的。这一切究竟是怎么回事?你到底能不能告诉我?但你缺乏勇气,蒂奇。你看……"

他来到架子旁,指着最高的一个单独放置的盒子。

"这是我的世界里的疯子,"他忽然露出微笑,"你知道他的疯狂已经进展到什么程度了吗?他全身心地投入,去寻找他的世界的不足。我并不会声称他的世界是没有缺陷的。最有效的机制有时也会卡住。电缆可能会移动,它们可能会在一瞬间相遇,或者一只蚂蚁可能会进入鼓里。你知道那个疯子怎么想吗?他认为,心灵感应是由两个不同的盒子之间的线路短路引起的……当读取器因为受到摇晃，突然从正确的磁带跳到多年后将被激活的磁带上时，就会出现对未来的一瞥。人如果感觉他已经经历过第一次发生在他身上的事情，那是因为选择器被卡住了；而当选择器不是按部就班在铜质设备中震颤，而是像钟摆一样摆动起来时——比如说，被一只蚂蚁碰到了——那么世界中就会出现令人惊奇和无法解释的事件。有人会被突如其来的非理性情绪吞噬，有人开始发表预言，物体自己移动或改变位置……最重要的是，正是这些摆动导致了级数定律！他对这些罕见现象的整理和组合被整个世界嗤之以鼻，他很快就会被送进精神病院。他还断言道，他自己是一个铁盒子，就像他周围的所有人一样，人只是尘封的旧实验室角落里的机械，而世界，包括其美妙和恐怖之处，都是一种幻觉。他甚至敢于思考他的上帝，蒂奇。那位上帝曾经在祂还很幼稚的时候创造过奇迹。但后来祂的世界告诉祂，祂唯一可以自由做的事情就是不闯入，不存在，不改变其作品中的任何东西，因为只有当一个神不现身时，人们才会相信祂。一旦现身，祂就变得不完美，而且权力尽失。你知道这位神，这位造物主是怎么想的吗，蒂奇？"

"是的，"我回答，"他想，他和那个疯子可能是一样的。但是，如果我们是架子上的盒子，我们所在的那个蒙尘的实验室的主人也有可能是一个盒子，由另一个更高级的科学家建造，他有原创的和奇妙的想法……如此等等，无限循环。这些实验者中的每一个都是上帝，是盒子及其命运构筑的宇宙的创造者，在他之下有亚当和夏娃们，在他之上有他的上帝，等级制度中的一个等级。这就是为什么你要这样做，教授……"

"没错，"他回答，"你现在完全明白了，无需赘述。谢谢你前来，再见。"

我的朋友们，这就是这次不寻常的相识的结局。我不知道科克兰的盒子是否还在运行。也许它们还在运行，并且正在梦想着它们饱含辉煌和恐怖的生活，而这种生活只不过是冻结在磁带上的大量脉冲；而科克兰，当他完成一天的工作后，每天晚上登上铁楼梯，用他装在被酸腐蚀的实验室大衣口袋里的大钥匙打开一扇扇铁门……站在充满灰尘的黑暗中，听着微弱的电流声和几不可闻的嗡鸣，鼓慢慢转动，磁带移动……并成为命运。我想象他感到一种欲望——尽管与他的言辞相悖——想要进入那铁盒里，以某种震颤人心的全能形象，进入他所创造的世界里——也许是救世主，一个带去救赎的传教士。我想他自己也在犹豫，在裸露的灯泡的阴暗光线下，不知是否该拯救一些生命，留存一些爱，而我确信，他永远不会这样做。他将抵制诱惑，因为他想成为上帝，而我们所知道的唯一的神性就是默许人类的每一种行为，每一种犯罪。而对这种神性的最大奖赏莫过于每一代人都会在铁盒子里重复反抗，非常理性地得出结论，全能之神并不存在。这时，他将默默地微笑着离开，把身后的一排门关上，在空荡荡的大厅里，只有电流的嗡嗡声，比一只濒死苍蝇的动静还要微弱。

二

大约六年前，我从一次航行中回来，已经厌倦了休闲和简单的家庭生活，但还不至于无聊到计划一次新的探险，一天晚上，我在写日记时被一个不速之客打断了。

他是一个正值壮年的红发小伙子，严重斜视，让人很难直视他的脸；更糟糕的是，他的一只眼睛是绿色的，另一只是棕色的。他的脸似乎结合了两个人的表情，一个胆小又紧张，另一个则占主导地位，像个傲慢敏锐的愤世嫉俗者。这是一个惊人的混合体，他有时用那只不动的、惊讶的棕色眼睛看着我，有时用那只斜视的、写满嘲笑的绿色眼睛看着我。

"蒂奇先生，"他一进我的书房就说，"一定有各种诡计多端的人、骗子和疯子闯入你的生活，并试图诈骗你，或对你施加影响。是这样吗？"

"有时候是的，"我回答，"有什么我能帮你的？"

"在这些人中，"这位陌生人依然没有说出他的名字或来访的原因，"偶尔——即使只是千分之一——也一定有一些被低估的、真正杰出的头脑。无懈可击的统计法则是这样的。蒂奇先生，我就是那千分之一的人。我的名字叫迪康特。我是一个比较本体论的教授，一个正式的教授。我目前没有担任任何职务，因为我没有时间。无论如何，教书是一个徒劳的职业。没有人可以教别人任何东西。但不必对此再说废话。我是来告诉你，我已经解决了一个问题，为此，我付出了四十八年的生命。"

"我也没有什么时间。"我回答。我不喜欢这个人。他态度傲慢，不狂热，如果非要选择的话，我更喜欢狂热的人。此外，很明显，他会问我要钱，而我是个吝啬的人，我对此非常坦然。这并不意味着我不会支持某些项目,但我通常是在不情愿的情况下这样做的,而且不会考虑自己的利益,因为我知道自己做着必要的事情。

于是我又说:"你能不能解释一下你的工作? 自然,我不能向你保证什么。你说的一件事让我印象深刻。你提到你已经为问题投入了四十八年。如果我可以问的话,你现在多大了?"

"五十八岁。"他冷淡地回答。

他站在一张椅子后面,好像在等我请他坐下。我当然会的。我虽然吝啬,至少还是很有礼貌的,但他这种明显的等待让我很恼火。此外,正如我所说,他是一个极其令人厌恶的人物。

"我在十岁的时候,"他继续说,"就遇到了这个问题。因为,蒂奇先生,我不仅现在是个聪明人,以前也是个聪明的孩子。"

吹牛皮我听得多了,但他这么夸耀自己的辉煌事迹还是有点儿过分。我苦笑了一下。

"继续。"我说。如果冰冷的语气可以降低温度,那么在这次对话之后,天花板上就会挂上冰柱。

"我发明了灵魂。"迪康特说,用他的棕色眼睛看着我,而那只嘲笑的眼睛的视线定格在天花板上,似乎那附近有什么只有它能看到的怪诞幻影。他说这话时,就像人们说"我发明了一块新的橡皮"一样。

"啊哈。我明白了,灵魂。"我用几乎是亲切的语气说道,因为这种无礼的行为突然开始使我感到有趣,"灵魂?你发明了灵魂,是吗?很有意思,我似乎以前听说过。也许是从你的一个熟人那里?"

我很不礼貌地停下了。他用他那可怕的斜眼打量着我,轻声说道:

"蒂奇先生,我们打个商量吧。在十五分钟内不要嘲笑我,然后你就可以尽情地嘲笑了。同意吗?"

"同意,"我说,又恢复了先前干巴巴的语气,"继续吧。"

他不是一个吹牛的人,我现在明白了。他的语气太绝对了。吹牛的人不是教条主义者。他可能是疯了。

"请坐。"我咕哝道。

"事情很简单,"那个自称是迪康特教授的人说,"几千年来,人们一直相信灵魂的存在。哲学家、诗人、宗教创始人、牧师和教会都在反复摆出所有可能的论据,以支持它的存在。一些信仰称,灵魂是一种独立于身体的非物质存在,在人死后,它可以留存住一个人的身份；在其他一些信仰里，尤其在东方思想家看来，灵魂与个人人格毫无关系。但是不管怎么说，人在死亡时并没有就此彻底化为虚无，他身上的某些东西在死亡后仍然存在，这种信念在人们的头脑中长久以来都是不可动摇的。我们现在知道，不存在灵魂。只有神经组织的网络，其中进行着某些与生命有关的过程。拥有这种网络的人所感受到的，他的意识所感知到的，就是所谓的灵魂。在我出现之前就是这样的情况。或者说，直到我告诉自己'没有灵魂'之前。这个事实已经被证明了。但是，尽管万物都在流逝，并终将衰败，依然存在一种对不朽灵魂的需求，对永恒的渴望，对个人在时间中的无限延续的渴望。这种迫切的渴求很是真实，人类自其存在之初就已经感受到了。于是我想，为什么我不能实现这个古老的梦想呢？我首先考虑让人们的肉体不死，但最终否决了这个解决方案，因为它本质上是在延长一种极具欺骗性的虚假希望，因为长生的人也会因为意外和灾难而死。此外，它还会带来一系列的困难，如人口过剩。这一点和其他考虑最终使我开始发明灵魂。只有灵魂。我问自己，为什么它不能像飞机一样被制造出来？毕竟，在某个时期，飞行也只是一种幻想，看看现在！这样，我解决了这个问题。剩下的只不过是收集信息、研究方法和保持耐心的问题。我做到了，因此今天可以告诉你，灵魂是存在的，蒂奇先生。任何人都可以拥有一个不朽的灵魂。个性化定制，这一点完全可以保证。它是永恒的吗？这个词真的毫无意义。但是我的灵魂——我能够产生的灵魂——将从太阳的死亡和地球的冰冻中存活。如我所说，我可以将灵魂赋予任何人，只要这个人还活着。我不能把灵魂赋予死者，这不在我的能力范围之内。但活人是另一回事。他们将从迪坎特教授那里得到一个不朽的灵魂。当然，不是免费的。作为现代技术的产物，作为一个复杂而耗时的过程，它将花费大量资金。随着大规模生产成为可能，价格应该会下降，但就目前而言，灵魂远比飞机要贵。然而，考虑到它是永恒的，我认为价格相对较低。我来找你是因为第一个灵魂的建造已经完全耗尽了我的资金。我向你提议，我们成立一家联合公司，名为'不朽'。作为对企业融资的回报，你将获得大部分的股份和百分之四十五的净利润。股份将是名义上的，但在董事会中，我将保留……"

"对不起，"我打断了他的话，"我看得出，你对这个企业有一个极其详细的计划。但是，你是不是应该首先告诉我更多关于你的发明的情况？"

"当然，"他回答，"但在我们签署公证合同之前，蒂奇先生，我只能给你提供大体的信息。在实验过程中，我投入了太多的钱，现在甚至支付不起专利费用。"

"我理解你的谨慎。但你肯定知道，无论是我还是任何金融家——不是说我是金融家——总之，没有人会相信你的话。"

"当然。"他把手伸进口袋，拿出了一个包裹。它用白纸包裹着，像一个小雪茄盒一样扁平。

"这里面有一个灵魂，它属于……一个人。"他说。

"我可以问问是谁的吗？"我问。

"嗯，"他犹豫了一会儿后回答，"我妻子的。"

我难以置信地看着这个被捆得严严实实的盒子，由于他态度强硬坚定，我居然有些发抖。

"你不打开它吗？"我看他把盒子拿在手里，却不去触碰封条。

"不，还不能。蒂奇先生，如果把我的想法简化到不能再简化的地步，是这样的：我们的意识是什么？此刻，你坐在舒适的椅子上看着我，闻着你的上好雪茄的气味，并且认为我配不上这雪茄;你的眼睛在这盏富有异国情调的灯下审视着我的身影;你不知道是该把我当成一个骗子、一个疯子,还是一个了不起的人;最后,你的眼睛观察到你周围的所有光线和阴影,而你的神经和肌肉不断向你的大脑发送关于它们状况的电报——所有这些,用神学家的话来说,代表着你的灵魂。不过你和我都会使用这么一种说法,即思想的活跃状态。是的,我承认我使用'灵魂'这个术语是出于某种变态的心理。然而,这个词很简单,而且得到了普遍的认可:当听到这个词时,每个人都认为自己知道它代表了什么。

"当然,我们的唯物主义观点不仅把不朽的、无实体的灵魂贬为虚构的,而且把灵魂描绘为一个不变的、永恒的东西。你一定也会同意,这样的灵魂从来没有存在过;我们没有人拥有它。拿一个年轻人的灵魂和一个老人的灵魂来说,当我们谈论的是同一个人时,可能两者有一些共同点——他的灵魂在他还是个孩子的时候和他躺在死亡之门的那一刻——但其实它们是极其不同的意识状态。在谈到一个人的灵魂时,我们会自动想到他在壮年和健康状况最好时的精神状态。因此,这也是我为我的目标所选择的状态。我的合成灵魂是一个正常的、充满活力的人的意识的永久记录。我是如何做到这一点的？我采取了一种非常适合这一目的的物质，并在其中以最大的保真度复制了活人大脑的构造，原子对原子，振动对振动。复制的比例是十五比一，这就是为什么你看到的盒子这么小。只要稍加努力，灵魂可以进一步缩小，但我认为没有理由这样做；此外，生产的成本会变得很高。那么，现在，灵魂被记录在这种材料中；它不是一个模型，不是一个不动的、惰性的神经网络，和我最初认为的不一样，当时我还在对动物进行实验。在这里，我遇到了最大的，也是唯一的障碍。你看，我希望在这种材料中保留一个活生生的、警觉的意识，一个能够进行最自由的思考、做梦和醒来、放飞想象的意识，一个不断变化、对时间流逝有感觉的意识，但我也希望它不会老化，保持材料不疲惫、开裂或崩溃。曾经有一段时间，蒂奇先生，这项任务在我看来几乎是不可能的，就像现在你的想法一样。我袖子里藏的一张王牌是坚持不懈。我很执着，蒂奇先生，这就是我成功的原因……"

"等一下，"我说，略感困惑，"你在说什么？这里，在这个盒子里，有一个物质物体，是吗？其中包含一个活人的意识？但它是如何与外界交流的？是如何去看去听的？"我说到一半停了下来。一个难以形容的微笑出现在迪康特的脸上。他用他那只拧成一团的绿眼睛看着我。

"蒂奇先生，"他说，"你没明白。当其中一个人的命运是永恒的时候，伴侣之间能有什么交流，什么联系？人类，毕竟，最多五十亿年就会不复存在。那么，那个不朽的灵魂会听到谁的话，会对谁说话？我不是说它是永恒的吗？从现在到地球冻结的时候，到最年轻和最强大的恒星崩溃的时候，到管理宇宙的法则发生剧变，以至于它将呈现为一种我们当下完全无法想象的形式的时候，所经过的时间对这个灵魂来说微不足道，因为这个灵魂将永远存在。宗教无视肉体是非常正确的，因为在永恒中，鼻子或腿有什么用？在地球和花朵消失之后，在太阳烧尽之后，有什么用呢？但让我们跳过这个问题中微不足道的方面。你说'与外界交流'。即使这个灵魂每一百年才与外部世界接触一次，那么在十亿个世纪之后，为了容纳这些接触的记忆，它将不得不增长到一个大陆的大小……而在一万亿年之后，甚至地球的体积也不够容纳它。但与永恒相比，一万亿年又算得了什么？然而，阻碍我的不是这种技术困难，而是心理上的后果。你看，有思想的人格，人类的心理，将在记忆的海洋中溶解，就像大海中的一滴血一样，这样怎么能保证不朽呢……"

"什么？"我结结巴巴地说，"所以你的意思是……你说……有一个完全与外界隔绝的……"

"自然是这样。我说过盒子里有整个人吗？我只是在说灵魂。我的意思是，从这一秒起，你不再接受来自外界的消息，你的大脑从你的身体中被移除，但继续存在，其所有的生命力都完好无损。当然，你会失明和失聪，在某种意义上会瘫痪，因为你将没有身体，但你将保留你的内在思想，我指的是清晰的头脑和想象力；你将能够自由思考，发展和塑造你的幻梦，体验希望、悲伤，以及从过往精神状态的游戏中获得的快乐。这正是我放在你桌上的灵魂所得到的。"

"真可怕，"我说，"瞎了，聋了，瘫了……好多年。"

"为了永恒，"他纠正我说，"我几乎已经说了一切；只有一件事要补充。我用的媒介是一种在自然界中不存在的水晶，一种独立的物质，不会进入任何化学键或物理键。在它无休止地振动着的分子中，包含着灵魂，它能感觉和思考。"

"你这个怪物，"我静静地说，"你知道你做了什么吗？但是，等等——"我突然感到一阵轻松，"人类的意识是不能被复制的。如果你的伴侣还在生活、行走和思考，这个水晶最多包含了她的一个副本，而不是真正的——"

"是的，"迪康特回答说，眯着眼睛看着白色的盒子，"你说的完全正确。创造一个活人的灵魂是不可能的。那将是无稽之谈，一个自相矛盾的荒谬想法。存在的人显然只能存在一次，只有在死亡的时刻才能实现延续。在我生产灵魂的过程中，为了精准确定对方的神经模式，所采取的过程在任何情况下都会破坏活人的大脑。"

"你……你杀了你的妻子？"

"我给了她永恒的生命。"他为自己辩解道，"但这与我们讨论的主题无关。如果你愿意，这是我妻子，"他指了指包裹，"和我，以及法律之间的事情。我们两个谈论的是完全不同的东西。"

有一阵子，我无言以对。我伸出手来，用指尖触摸包裹；它用厚厚的纸包着，相当重，好像含有铅一样。

"好吧，"我说，"我们来谈谈别的事情。假设我给了你需要的资金，你真的相信你会找到一个愿意让自己被杀死的人，这样他的灵魂就可以永远遭受无法想象的折磨，甚至被剥夺自杀的权利?"

"死亡确实是个难题。"迪康特在短暂停顿后承认。我注意到他那只深色眼睛其实是淡褐色的,而不是棕色的。"但是,首先,我们可以指望这样几类人,如身患绝症的人,或对生活感到厌倦的人,身体虚弱但能力健全的老人……"

"与你提议的不朽相比,死亡并不是最糟糕的选择。"我喃喃道。

迪康特又笑了。

"我要告诉你一件事,你可能会觉得很好笑,"他说这话的时候,右边脸仍然很严肃,"我个人从来没有觉得有必要拥有灵魂,也没有觉得需要永恒存在。但几千年来,人类一直靠这个梦想生活。我对这个问题研究了很久,蒂奇先生。所有的宗教都建立在同一个基础上:对永生的承诺,对从坟墓中幸存的希望。这便是我所提供的东西,蒂奇先生。我提供的是永恒的生命,是当身体的最后一粒碎片湮灭成尘埃时,个体的确切存在。这还不够吗?"

"不够,"我回答,"不够。你自己也说了,这种永生没有躯体,没有了身体的能量,没有了那些快乐,体验……"

"你刚才已经说过这些话了。我可以给你看所有宗教的圣书、哲学家的作品、诗人的歌曲、神学概要、祈祷文、传说,我在其中几乎找不到关于身体永生的内容。众人轻视肉体,甚至蔑视它。灵魂以及它的永恒存在才一直是目标和希望。灵魂是肉体的对立面和对抗者,可以从身体的痛苦、突然的危险、疾病和衰老中解脱出来,从与逐渐瓦解的机体的斗争中解脱出来。从来没有人宣称身体的不朽。只有灵魂是要被拯救的。我,迪康特,已经永远地拯救了它。我已经实现了梦想——不是我的,而是全人类的……"

"我明白,"我打断他,"迪康特,从某种意义上来说,你是对的。对的地方在于,你的发现已经证明——今天向我,之后也许能向全世界——灵魂是不必要的;你引用的圣书、福音书、古兰经、巴比伦史诗、吠陀经和民间故事中提到的不朽对人类没有用处。我向你保证,任何人面对你准备赐予他的永恒,都会跟我有一样的感受:最大的厌恶和恐惧。一想到你的承诺可能成为我的命运,我就感到害怕。那么,你已经证明了人类千百年来一直在自欺欺人。你已经打破了这种错觉。"

"你的意思是说,谁都不会想要我提供的灵魂?"他忽然愣住,呆呆地问。

"正是如此。没有别的可能性了,迪康特! 你想要吗? 说到底你也是人类!"

"我已经告诉你了。我从未觉得自己需要长生不死。然而,我觉得那是因为我比较反常,大多数人有不同的看法。我想满足别人,而不是自己。我尝试寻找一个最困难的问题,一个值得我为之努力的问题。我找到了它,并解决了它。从这方面来看,这是一件个人选择的事情;从知识的角度来看,这个问题对我来说只是一项具体的任务,需要使用适当的技术和资源来解决。我对历史上最伟大的思想家所写的东西照单全收。蒂奇,你一定读过。对死亡的恐惧,对结束的恐惧,对意识在其最丰富的时候遭受破坏的恐惧,当它准备好结出最好的果实时……在漫长的生命结束时……他们都重复这一点。他们的梦想是与永恒融为一体。我已经创造了这种共融。蒂奇,也许他们会感兴趣? 也许那些最杰出的个体? 天才们……"

我摇头道:"你可以尝试,但是我怀疑一个人都没有……不可能有的。"

"为什么?"他的声音第一次动摇了,"你认为这对任何人来说……都毫无意义？谁都不稀罕？怎么可能？"

"事实如此。"我说。

"我们不要草草下结论，"他说，"蒂奇，东西都还在我手里。我可以继续修改，改进……我可以给灵魂加一些仿制的感官。当然这样就不能永生了，但要是感官如此重要，那么……眼睛、耳朵……"

"那些眼睛会看见些什么？"我问。

他没说话。

"地球被冰封，银河系崩塌，无尽的黑暗中死亡的群星，还有别的吗？"我说得很慢。他保持沉默。"人不需要永生，"我继续说，"他们只是不想死而已。他们想生活，迪康特。他们想感受脚下的大地，看云飘在头顶，爱别人，和爱人在一起，还有思考。除此以外没有更多了。说更多都是谎言，不自知的谎言。我估计没几个人像我一样耐心地听你说话。你就别想着拓展客户了。"

迪康特一动不动地站了一会儿，看着眼前桌子上那个白色包裹。他忽然捡起来，朝我轻轻一点头，就准备离开。

"迪康特！"我喊道。他在门口停下脚步。"你要拿那个去干什么？"

"没什么。"他冷淡地回答。

"请……回来。再等一下。我们不能就这样完事。"

先生们，我不知道他是否是一个伟大的科学家，但他绝对是一个卑鄙的无赖。我就不描述随后的讨价还价了。我不得不这样做。我知道，如果我放他走，即使我后来发现他对我撒谎，他所说的一切从头到尾都是虚构的，在我血肉之躯承载的灵魂深处，也会燃起这样的想法：在某个地方，在某个堆满垃圾的桌子里，在塞满文件的抽屉里，可能有一个人的头脑在休息，那个活生生的意识属于被他杀死的那个不幸女人。而且，仿佛杀了她还不够，他还把最可怕的东西施加在她身上。最可怕的，我重复，因为没有什么能比被判处永恒孤独更恐怖了。当然，"永恒"这个词是我们无法理解的。当你回到家时，试着躺在一个黑暗的房间里，任何声音或光线都无法触及你，闭上眼睛，想象你将像这样继续存在下去，在完全的沉默中，没有丝毫的变化，一天一夜，然后又一天；想象几个星期，几个月，几年，甚至几个世纪都会过去。再想象一下，你的大脑已经接受了一种治疗，使你甚至不可能逃进疯癫中寻求庇护。想到一个人被判处这样的折磨,与之相比,所有的地狱图景都微不足道起来。正是这些想法刺激我开始进行激烈的讨价还价。当然,我打算毁掉这个盒子。他可真是狮子大开口——先生们,让我们跳过这些细节。我想说的是:我一生都认为自己是个吝啬鬼。如果我今天怀疑这一点,那是因为……够了够了,简而言之:这不是一笔钱,而是我当时所有的一切。钱……是的。我们点清了数额,然后他让我把灯关掉。在黑暗中,先是一阵撕扯声;突然,在方形的白色背景(盒子的棉布衬里)上出现了一团微弱的光芒,就像珠宝折射的柔光。随着我逐渐适应黑暗,它闪耀着的蓝光似乎更加强烈了。然后,感觉着迪康特在我脖子附近不均匀的沉重呼吸,我俯下身子,抓起我准备好的锤子,一锤子下去……

先生们,我相信他说的是实话。因为当我敲击的时候,我的手就不听使唤了。我只有机会稍微瞥了一眼那椭圆形的水晶……但即便如此,它还是灭了。在一瞬间,发生了一些事情,就像一场微观的、无声的爆炸;无数的紫罗兰色尘埃恐慌地旋转着,很快消失了。房间变得漆黑一片。迪康特用空洞的声音说:

"你不必敲两次,蒂奇先生……已经结束了。"

他从我手中拿过那个盒子,我相信他说的是真话,因为我已经亲眼见到了。再说，我自己也明白，只是说不出是怎样明白的。我打开灯，和他面面相觑，仿佛两个罪犯。他往衣服两个兜里塞满银行支票，然后一言不发地走了。

此后我再也没见过他，也没听到过他的消息了——更不知道那个被他创造又被我杀死的不朽灵魂怎么样了。

<h1 style="text-align:center">三</h1>

接下来要说的这个人，我只见过一次。你一看到他就会不寒而栗。他是个驼背的怪人，年龄不详，脸部似乎很松弛，皮肤布满了纹路和褶皱。此外，他的一条颈部肌肉比另一条短，头一直偏向一边，就好像是原本想看自己的驼背，但在中途改变了主意。智慧很少与美貌并存，这是常事，但他这个畸形的形象引起的反感多于怜悯，也许他是个货真价实的天才吧。但即使作为一个天才，他的出现也会使旁人感到害怕。现在，扎祖尔……他的名字叫扎祖尔。我很久以前就听说过他那可怕的实验。当时那可是个热门话题，全都要感谢媒体。反活体解剖联盟对他提

起了诉讼,但没有结果:他以某种方式摆脱了困境。他是教授,但只是名义上的;因为口吃,他不能讲课。事实上,他一激动就会失声痛哭,这种情况经常发生。他没有来找我,没有。他不是那种人。他宁可死也不愿意求助于任何人。事情是,我在镇外的一次郊游中,在树林里迷了路。其实我很喜欢这种体验,直到突然开始下雨。我以为在树下等一会儿就好,但雨并没有停。天空完全乌云密布,我决定去寻找庇护所。

我从一棵树跑到另一棵树,全身都湿透了。我来到一条碎石路上,这条路通向一条长期无人使用的、杂草丛生的小径。小径通向一座被墙包围的庄园,大门上挂着一块木头牌子,上面写着"小心恶狗",几乎看不清楚。那大门曾经漆成绿色,现在已经生锈了。我并不渴望遇到一只凶恶的动物,但由于下雨,我别无选择;因此,我从附近的灌木丛中砍下一根粗壮的棍子来武装自己,然后开始对付那扇大门。我说"对付",是因为我不得不使出浑身解数,最后它才"吱呀"一声打开。我发现自己身处一座被杂草堵塞的花园,很难分辨出哪里是小路。在雨中摇曳的树木后面很远的地方,矗立着一座高高的、黑暗的房子,屋顶很陡。楼上有三扇窗户,被白色的窗帘遮住,亮着灯。此时天色尚早,但越来越暗的云层在天空中飘忽不定。在离房子四五十步远的地方,我注意到在通往长廊的道路两边有两排树。白雪松,属于墓地的雪松。我想,这所房子的主人一定有一种阴郁的性格。然而我没有看到狗,尽管大门上有警告。我走上台阶,在门楣的遮挡下,按下了门铃,得到的回应只有门内死一般的寂静。过了很久,我又按了一次,结果还是一样;于是我开始敲门,越来越用力。直到这时,我才听到从屋内传来的窸窸窣窣的脚步声,一个令人不快的粗哑声音问:"谁在那里?"

我报上姓名,暗暗希望对方认识我。那个人似乎在考虑。最后,一条铁链哗哗作响,沉重的门闩被推到一边,在走廊上高高的吊灯灯光下,站着一个近乎侏儒的人。我认出了他,尽管我只在不知哪里见过他的照片一次,但那张照片很难忘记。这个人几乎秃了。在他的头骨一侧,耳朵上方,有一道鲜红的疤痕,就像马刀留下的伤口。金色的眼镜歪歪扭扭地架在他的鼻子上。他眨了眨眼,仿佛刚从黑暗中走出来。我用这种情况下惯用的客套话向他道歉,然后就沉默了。他仍然挡在我面前,似乎不打算让我走进那所宽敞、黑暗又阴沉的房子一步。

"你是扎祖尔吗,扎祖尔教授,对不对?"

"你怎么认识我?"他低声吼道。

我又说了一番客气的陈词滥调,说怎么可能有人不认识他这样伟大的科学家。

听了这番话,他那青蛙般的嘴唇边露出轻蔑的冷笑。

"暴风雨?"他说。我刚才是说了下雨的事情。"我知道。那又怎么样? 去别处吧。"

我说我充分理解他,而且绝对无意打搅他。只消借我一把椅子或凳子,让我在过道里坐坐就好,等这阵大雨过去我立刻就走。

雨这时候真的像子弹一样砸了下来。站在高高的过道里就像置身于一层壳下面,周围到处都是噼噼啪啪的声音。那声响真令人惊恐。

"椅子?"他说。那神情仿佛我问他要了黄金宝座似的。"椅子,你当真的? 我没有椅子给你坐,蒂奇先生。没有多余的椅子。对,就是没有,你还是走吧,这样对我们两个都好。"

门仍然开着。我扭头向花园望去,看到树木、灌木、所有的东西都融合成一团,在风和水流中剧烈地摇晃。我又看着那个驼背。我在生活中遇到过各种粗鲁的行为,但从来没有像这样

的事情。我生气了,社交礼仪什么的也不管了,于是我说:

"你能把我扔出去我就走。但是我警告你,我可不弱。"

"什么?"他尖叫道,"混蛋!你竟敢闯入我的房子!"

"你太不讲理了。"我冷淡地回答。由于他的语气太可恶,我气得要命,又补充道,"扎祖尔,有些事情,就算在自己家里做也不可原谅!"

"胡说八道!"他更加大声地尖叫起来。

我抓住他的胳膊,他的胳膊就好像是用烂树枝做的。他嘶嘶嘶地尖叫:"我不能容忍你这种暴行。懂吗?再动一下,你这辈子都不可能忘了我!"

有那么一小会儿,我们似乎真的要打起来了,我感到羞愧——我怎么能对一个驼背的人下手呢?这时,意想不到的事情发生了。教授向后退了一步,他的胳膊从我的手里挣脱出来,头扭得更低,突出了驼背,开始用令人反感的高亢的声音咯咯笑起来,仿佛我给他讲了一个罕见的笑话。

"好啊好啊,"他说着取下夹鼻眼镜,"算你是好汉,蒂奇。"

他伸出一根被烟熏黄的长指头,擦掉一滴眼泪。

"好,"他声音嘶哑,"我喜欢。不拘礼,打嘴仗,不过你说出了你的想法。我讨厌你，你讨厌我，我们扯平了。你可以跟我来。很好，蒂奇，你让我很惊讶……"

就这样，他一边嘟囔，一边领我走上一段吱嘎作响的旧木头楼梯。楼上是一个方形的大厅，铺着原色木板。我没说话，我们到二楼之后，扎祖尔说：

"蒂奇，你也看到了，我没办法弄客厅和客房。我睡在我的标本之中，当然也和它们一起吃饭，一起生活。过来，别说太多话。"

他领着我走进一个房间，那里的三扇窗户上挂着纸片，窗户纸曾经是白色的，但现在非常脏，上面有油渍和无数被压死的苍蝇。窗台被死苍蝇弄得发黑。当我关上门时，我注意到门上有逗号状的痕迹和干涸的、血迹斑斑的昆虫碎片，好像扎祖尔曾被膜翅目昆虫大军围攻一样。我还没来得及表达惊诧，就注意到了房间里的其他奇特之处。房间中间放着一张桌子，实际上算不上桌子，不过是两根锯木中间架着一块粗糙的普通刨花板；书、纸张和发黄的骨头都堆在上面。但房间里最奇怪的地方是墙壁。墙上大而粗糙的架子上放着一排排厚重的瓶瓶罐罐；窗户对面断裂的架子附近，有一个巨大的玻璃缸，类似于一个柜子大小的水族箱,确切地说,像一口透明的石棺。缸的上半部分被一块不经意扔出的脏抹布覆盖着,抹布破破烂烂的底端刚好挂在玻璃的一半处。但下半部分的东西让我愣住了。

我之前看到的所有的罐子和瓶子都装着蓝色的浑浊液体,就像解剖博物馆把各种器官保存在防腐液中一样。玻璃缸也是同一类型的容器,只是尺寸巨大。阴暗深处闪烁着蓝光,容器底部上方几厘米处有两个影子,正极其缓慢地来回摇晃,就像一个耐心无限的钟摆一样。令我惊恐的是,我认出这些影子是穿着长裤的人腿——泡在酒精里。

我呆呆地站着。扎祖尔没有动,没有发出任何声音。当朝他望去时,我看到他非常高兴。我的愤怒、我的反感让他很高兴。他双手抱胸,仿佛在祈祷,并满意地笑了起来。

“这些都是怎么回事,扎祖尔?”我惊讶得差点儿呛着,”这是什么?”

他背对我,那驼背看起来很吓人,还有点儿尖(我甚至担心他的外套会被撑破)。他摇摇晃晃地走了几步,坐在椅子里,那椅子靠背上有块空洞(这家具让我不寒而栗)。他忽然开口了,那语气显然很冷漠,而且有些厌倦:

"说来话长,蒂奇。你想去外头淋雨吗?不想的话就坐下,别烦我。我没必要跟你解释。"

"但我想知道。"我回答。我大体上又恢复了平静,"扎祖尔,如果你不解释,我就要采取行动,让你惹上大麻烦。"

我以为他会暴怒,但是他不为所动,只是带着冷笑看着我。

"说说看,蒂奇,现在到底是什么情况?眼下,狂风大作,暴雨倾盆,你敲我的门,不请自来,威胁要打我。然后,当我出于善意试图接受你时,又有幸听到了新的威胁:现在你威胁要让我坐牢。我是一个科学家,先生,不是一个强盗。我不害怕监狱,也不害怕你。我什么都不怕,蒂奇。"

"那是一个人。"我没有理会他嘲讽的语气,因为我觉得他带我来肯定有目的——他专门要我看到这些恐怖的东西。我越过他的头顶,看着那个恐怖的双重影子,它还在蓝色的液体中轻轻摇晃。

"是的,"扎祖尔平静地回答,"非常接近人类了。"

"你不要抠字眼儿!"我大喊。

他看着我,然后他身上发生了一些变化——他颤抖着呻吟起来。我简直汗毛倒竖,而他在笑。

"蒂奇,"他平静了一些才开口,但是眼中还有一丝邪恶,"你说什么? 我们打个赌吧。我告诉你那是什么,"他指了指那边,"是怎么来的,我在做什么,然后你就绝对不想碰我哪怕一根头发了。当然是出于你的自由意志。如何?"

"你杀了他吗?"

"某种程度上说,是的。从各种角度来看,确实是我把他放在那里的。你以为人可以活在浓度为百分之九十六的酒精溶液里吗? 有这个可能吗?"

他气势十足,在尸体面前充满自信的嘲讽态度。

我恢复了镇定。

"我们在打赌,"我冷冷地说,"继续讲吧。"

"别催我,"他的态度好像大贵族在公众面前发表演讲,"我跟你说这个是因为我觉得有趣,蒂奇,这个故事有趣,讲起来我觉得开心,而不是因为你威胁了我。我不怕威胁。好了,废话少说,你有没有听说过马勒根?"

"当然听说过。"我现在完全平静下来了。我内心有些类似侦探的部分,知道什么时候必须保持冷静。"马勒根发表了一些有关蛋白质变性的论文⋯⋯"

"很好。"他现在完全是一副教授的做派,以全新的目光注视着我,仿佛在我身上发现了一种值得一些小小的尊重的品质。"但除此之外,他还开发了一种合成大分子的方法,制成某种活着的人工蛋白质溶液,像是一种胶状果冻。他对它们宠爱有加,每天给它们提供食物,在它们身上撒上糖和碳水化合物,而那些果冻,那些没有形状的阿米巴原虫就乖乖地吞下了一切,并不断地生长。首先在小培养皿中,之后他把它们转移到更大的容器里,对它们大惊小怪个没完……他的实验室里充满了它们。有些因为他的过错死掉了,腐烂了,我猜是由于糟糕的饮食。在那之后,这个人的实验走到了死胡同。他一直拖着他的胡子忙来忙去,还总是不小心把胡子浸到他心爱的胶状物里,但他没有取得更多进展。他太傻了,他需要更多的东西——在这里。"扎祖尔用手指了指头。他的秃头在低悬的灯下闪闪发光,像一枚淡黄色的象牙。"然后我的工作就开始了,蒂奇。我就不说细节了;这很专业,那些能真正理解我的伟大成就的人还没有出生。简而言之,我创造了一种蛋白质大分子,它可以被设定在一条明确的发展路线上,就像设定闹钟一样……不,这是个糟糕的比喻。你肯定知道同卵双胞胎吧?"

"知道,但这跟马勒根有什么关系……"

"你一会儿就知道了。受精卵分裂成两个相同的部分,产生两个完全相同的个体,两个新生儿,两个镜像双胞胎。想象一下,现在有一种方法,通过彻底研究一个成熟的活人的机体,创造出他出生时的卵子。因此,我们可以制造出这个人的双胞胎,尽管要延迟许多年。你明白吗?"

"怎么会?"我说,"即使这是可行的,你也只有半个卵子—— 一个配子——那样细胞会立刻死亡。"

"也许对某些人来说是这样,对我来说却不是,"他傲慢地回答,"我把这个人工创造的配子放在一条明确的发展轨道中,把它置于营养液中,放在一个宛如机械子宫的孵化器里。我以比正常胎儿发育快一百倍的速度将其转化为胎儿。在三周内,胚胎便会成为一个孩子;在一年内,通过应用其他程序,孩子的生物年龄为十岁;再过四年,他就是一个四十岁的男人。而这正是我所做的,蒂奇。"

"何蒙库鲁兹①!"我喊道,"中世纪炼金术士的梦想!我明白了,我明白了。你声称是你创造了那个人,你认为你拥有一切权

①何蒙库鲁兹,中世纪欧洲的炼金术师所创造出的人工生命,也指这种创造人工生命的工作本身。

利,但即使如此,你有权杀死他吗?你以为我也会参与你的罪行?你错了,大错特错,扎祖尔……"

"我还没说完。"扎祖尔冷冷地说。他的头似乎直接从他错位的驼背里冒了出来,"首先,我当然是在动物身上做了实验。在那边的罐子里,有成对的猫、兔子和狗。有白色标签的罐子里装的是原本的生物体;有黑色标签的罐子里装的是我创造的复制体。它们之间没有区别。如果你调换标签,就不可能分辨出哪种动物是自然诞生的,哪种动物来自我的曲颈瓶。"

"好吧,"我说,"也许确实无法分辨。但你为什么杀了他?他智力迟缓?身体有缺陷?即使如此你也无权……"

"你在侮辱我!"他吼道,"他智力非常正常,蒂奇,而且发育完全,在体质方面与原版的每一个细节都是一样的……但在思想方面,他的潜力比原版更大。是的,有一些事情比单纯创造一个双胞胎更重要;这个副本远不止一个复制品。扎祖尔教授超越了自然。超越了它,你明白吗?"

我沉默不语。他站起来,走到水箱前,踮起脚尖,一把拉开了破烂的罩布。我不想看,但我的头还是忍不住转向了那个方向,透过玻璃,透过浑浊的酒精,我看到了扎祖尔那张被泡得松弛的脸……像包袱一样漂浮的大驼峰……外套的襟翼像浸泡过的黑色翅膀一样张开……眼球的白光……乱蓬蓬的灰色胡子。我呆呆地站在那里，而扎祖尔尖声说：

"你看，这是为了永久地记录这一成就。一个人，即使是人工创造的人，也是会死的。我希望他能持续存在下去，不至于归于尘土，我想把他留作一块纪念碑，是的。然而你必须知道，蒂奇，在我们之间，在他和我之间，出现了基本的意见分歧，结果不是我，不是，而是他在罐子里死了。他，扎祖尔教授，而我，我其实是……"

他咯咯地笑着，但我没有听到他的声音。我觉得我正坠入深渊。我看着那张因喜悦而扭曲的活人脸，然后看着玻璃窗后面的死人脸，像某种可怕的水下怪物一样漂浮着……我无法说话。四下很安静。雨几乎停了，只有风声送来断断续续的汩汩水声。

"放我走。"但我根本没意识到自己在说话。

我闭上眼睛干巴巴地重复：

"放我走，扎祖尔。你打赌赢了。"

四

一个秋天的下午，街道越来越黑，灰色的细雨不断落下——这种天气使任何关于太阳的记忆都变得不真实，使一个人粘在壁炉边的座位上。当我全神贯注地坐在旧书堆中时（不是寻找内容——内容我很清楚——而是在寻找多年前的自己），突然有人拍打我的门。一阵猛烈的敲门声，却不碰门铃，似乎访客想借此表明自己非常绝望。我把书放在一边，走进走廊，打开了门。我看到一个披着油布衣的人，衣服正往下滴水；他的脸因极度疲劳而扭曲，闪着雨滴的光芒。他没有看我。他湿润发红的双手扶着一个大箱子，这个箱子显然是他自己搬上楼梯的。

"先生，"我开口道，"你需要……"接着我改口了，"我能帮你做点儿什么？"

他含糊地挥了挥手，继续大口喘气；我意识到，他打算把他的包袱带进我的公寓，但没有力气了。于是我握住包裹上浸湿的粗绳，把它拉到了走廊上。当我转身时，发现他紧紧跟着。我给他指示了衣架；他把大衣挂起来，把帽子（淋成了一块没有形状的毡布)放在架子上,然后用颤抖着的双腿走进我的书房。

过了好一会儿,我才说:"我能帮你做什么?"

我现在已经恍然大悟,这又是一位不同寻常的客人。他仍然没有看我——显然还沉浸在自己的想法中——用手帕擦了擦脸,因为湿漉漉的衬衫袖口发抖。我说他应该坐在壁炉边,但他没有回应。他抓住滴水的板条箱,又拉又推,转来转去;它在地板上留下了一条泥泞的痕迹——这表明在来这里的旅途中,他一定曾把它放在了人行道上一两次,好喘息一下。直到箱子立在房间中间,他可以一直盯着它时,他才把注意力转向我。他咕哝了几句,点了点头,尴尬地走到一张空椅子前,深深地陷入破旧的椅子。

我坐在他对面。我们沉默了很久,但不知为何,这似乎很自然。他并不年轻;也许已经五十岁了。他的脸不对称,非常醒目,左边的脸比较小,仿佛在成长过程中落后了一步。左边的嘴角、左边的鼻子和左眼皮都挤在一起,产生了一种永久的阴郁的表情。

我等得快没耐心了,他终于开口:"你是蒂奇吗?"我点头。"伊翁·蒂奇?那位旅行者?"他倾身向前,十分疑惑地看着我。

"还有谁会住在我的公寓里呢?"

"也许我走错楼层了。"他低声说,似乎是被某些重要的事情占据了思绪。

他突然站起来,试图抚平自己的外套,然后意识到这是徒劳无功的——他的衣服怎么熨也熨不平,它已经完全破损了。他提振了一下精神,说:

"我是个物理学家,名叫莫特里斯。你听说过我吗?"

"没有。"我真的没听说过他。

"没关系。"他低声说,这话更像是自言自语,而不是跟我说的。

与其说他情绪低落,不如说他是在沉思;他在权衡他所做的一些决定,这些决定导致了他的来访,但现在新的疑虑向他袭来。我可以从他诡秘的眼神中读出这一点。我的印象是,他可能讨厌我——因为他想要的东西,因为他必须告诉我的事情。

"我有一个发现,"他突然用嘶哑的声音说,"一项发明。是以前从未存在过的东西。从来没有。我不相信别人,别人也不必相信我。事实就足够了。我会向你证明的。证明一切。但我还没有完全……"

"你害怕?"我友好地提示道,想让他平静下来。这些人说到底都是孩子——聪明但有些疯癫的孩子。"害怕我会偷走你的秘密?别担心。这个房间见证了很多发明……"

"不是这样的!"他果断地说,这时,他的眼睛、语气中充满了自豪,仿佛他是造物主。"给我一把剪刀,"他再次阴郁起来,"或一把刀。"

我把放在桌子上的一把拆信刀递给他。他用粗暴的动作切断了包裹的绳索,撕掉了包装,把湿漉漉的包装揉成一团,扔在地板上。他也许是故意表现得这么漫不经心,好像在说:"你可以因为我弄脏了你的抛光木地板而把我扔出去——这对我来说并不重要,我做这个完全是屈尊了!"立在那里的是一个立方体的盒子,由涂成黑色的刨花板制成。然而,盒子的盖子只有一半是黑色的;另一半是绿色的。我想,他一定是用完了黑漆。盒子上有一把密码锁。莫特里斯转动转盘,用手遮住它,弯下腰,让我看不到。当锁发出咔嗒声时,他慢慢地、小心翼翼地抬起盖子。

为了保护他的隐私,也为了不惊动他,我小心翼翼地坐回了椅子上。虽然他什么也没说,但在我看来,他似乎对此很感激。

不管怎么说，他多少平静下来了。他把双臂放进箱子里，使劲到脸颊和额头都发紫，抬出了一个大仪器。它被氧化成黑色，有盖子、管子和电缆，但我对这些东西一无所知。他把这大家伙抱在怀里，好像它是他的爱人一样，用哽咽的声音问：

"哪里有插座？"

"在那边。"我指了指书架旁边的角落，那里有台灯。他走到书架前，非常小心地把沉重的机器放在地上。接下来，他解开电线，插上电源。蹲在他的发明旁，他开始移动杠杆和翻转开关；房间里充满了柔和、悠扬的嗡嗡声。他的脸上出现了焦虑的表情；他把眼睛凑近一根管子，这根管子与其他管子不同，仍然是黑暗的。他用手指敲了敲它，没有任何变化，他在口袋里掏啊掏，直到找到一把螺丝刀、一根电线和一把钳子。然后，他狂热地但又极其精确地开始在仪器内部进行探查。突然间，没有灯光的管子里充满了玫瑰色的光芒。莫特里斯似乎完全忘记了自己在哪里，他把工具放回口袋里，深深地叹了一口气，站起来，很平静地说了一句话，就像人们说"今早我们吃的是面包黄油"一样。

他说："这是一台时间机器。"

我没有回答。我不知道你是否理解我的处境有多么微妙和困难。这种类型的发明家——发明了万灵药、电子算命师，或者像这一次，发明了时间机器——总是会受到他人怀疑的打击。无论他们试图让谁赏识他们的成就，对方都难以置信。他们充满了夸张的恐惧情绪，神经质，害怕其他人，同时又鄙视其他人，因为那些人必须依赖别人的帮助。在这样的时刻，我总是非常小心谨慎。无论我做什么都会被认为是错误的。一个寻求帮助的发明家是被绝望所驱使，而不是被希望所驱使的，他准备迎接的不是仁慈，而是嘲笑。经验告诉他，善意不过是蔑视的前奏，或者只是幽默，或者是拒绝他的想法的温和建议。如果我说："啊，真有趣，你真的发明了一台时间机器？"他可能会打我一顿。我的沉默让他吃惊。

"对，"他说着，双手轻蔑地插进口袋里，"这是一台时间机器！一台可以穿越时间的机器！你明白吗？"

我点头。

看到自己激昂的态度没有效果，这个人变得很困惑，呆站了一会儿，脸上露出了愚蠢的表情。这甚至不是一张衰老的脸，只是很疲惫、憔悴。充满血丝的眼睛诉说着无数不眠之夜，眼皮肿胀,为这场会面去掉的胡茬儿还残留了一些在耳朵周围和下嘴唇下面,表明他剃得很快,而且不仔细——从他脸颊上的创可贴也可以看出这一点。

"你不是物理学家吧,对不对?"他问道。

"不是。"

"那就更好了。如果你是,即使证据就摆在眼前,你也不会相信我。因为这个,"他指着机器,它仍然像一只困倦的猫一样轻轻地打着呼噜(管子在墙上投下粉红色的光),"只有在驳斥了他们现在称之为物理学的荒谬理论之后才能出现。你有什么不需要的东西吗?"

"也许能找到一个,"我回答,"什么样的东西?"

"无所谓。石头、书、金属——都可以,没有辐射性就可以。不能有任何辐射性,这个最重要。不然会有很不幸的后果。"

我站起来,走到书桌前。如你所知,我是个循规蹈矩的人;最小的物品在我这里都有其不变的位置,而且我特别努力地保持书架的秩序。因此,我对前一天发生的一件事情感到惊讶。昨天,从早餐时间开始,我就一直在书桌前工作,也就是说,从清晨开始,我就一直在钻研一个让我感到非常困难的段落。当时,我抬起头,看到角落里有一本褐红色的书靠在墙上,看起来好像被人扔到了那里。

我走过去,拿起了它。我认出了它的封面;那是一期宇宙医学季刊的重印本,是一个和我仅有点头之交的人的博士论文。我不知道它怎么会出现在地板上。事实上,我一直沉浸在我的工作中,没有环顾四周,但我可以发誓,当我进入房间时,地板上什么都没有。一般来说,这样的事情会立即引起我的注意。我的结论是,我比平时更心不在焉,没有留意周围的环境,只有在我的注意力被打断时才注意到这本书。没有其他解释。我把书放回书架上,把它忘得一干二净。

但此时此刻,在莫特里斯提出建议之后,那本没什么用的红褐色封面的书似乎自告奋勇地挤到我眼前来了,于是我把书给他。

他接过书,掂量了一下,也没看标题,就打开时间机器的后盖说:"到这儿来。"

我来到他旁边。他跪下,调节了一个像是收音机旋钮的东西,然后按下旁边一个凹面按钮。屋里的光线暗了,伴随着响亮的噼啪声,连接电线的凹槽冒出蓝色火花。除此之外什么都没发生。

我以为他会把我家的保险丝烧了，但他只是用嘶哑的声音说：

"看！"

他将书平放在机器内，拉动边上的一根小黑杆。管子恢复了正常的光亮，但与此同时，红褐色的书的封面变得模糊不清。一秒钟内，它变成了透明的；我想我可以通过封面看到白色的书页和合并的印刷线，但过渡非常快。下一秒这本书就溶解并消失了，我只看到机器的黑色空腔。

"它在时间里移动了。"他没看我，只是费力地从地上爬起来。他满头大汗，汗珠凝聚成针头大小，"如果你愿意的话，可以认为它变年轻了。"

"年轻了多少？"我问。我的语气很平静，因此他的神情也放松了不少。比较小、看似萎缩了的左半边脸（我注意到他左边脸也更黑一些）抽搐了一下。

"一天时间吧。我还不能精确计算。但是这个——"说到这里他看着我。

"你昨天在这里吗？"他问道。很显然是要我准确回答。

"在。"我慢慢地说,感觉脚下的地板似乎崩塌了。我明白了他的意思。在一阵做梦般的眩晕中,我将这几个事实联系了起来:那本书莫名其妙地出现,昨天,靠墙的那个位置,他的实验。

我跟他说了。他没笑,有些人大概是会笑的,他只是默默地用手帕擦了擦自己头上的汗。我见他大汗淋漓,脸色苍白,于是拉了一把椅子给他,我自己也坐下了。

等他平静了一些之后我问道:"你现在能不能告诉我你想让我做什么?"

"帮助,"他低声说,"支持——不是无偿的。就当是……未来的分红。一台时间旅行机器——你当然明白——"他停顿了一下。

我点头,"你需要很多钱。"

"很多。因为需要大量能量。还有,为了让被传送的物体去到正确的时间点,极微时间测定器还需要改进。"

"多久?"我问。

"至少一年。"

"好,我明白了。但是我需要……第三方的帮助。金融机构。希望你不反对。"

"当然不反对。"

"好,我就直说了吧。听了你说的话之后,站在我的角度上,绝大部分人都会认为你是个骗子,觉得你设计了一个精巧的骗局。但我相信你。我相信你,所以我会尽我所能帮助你。当然要花一些时间。眼下我很忙,而且我需要向——"

"向物理学家咨询?"他脱口而出。他听得非常专注。

"不是,为什么啊? 你不要想太多了——真的。我不是在试探你。我需要别人给我推荐一些合适的人选,那些愿意……"

我不说话了。他肯定也跟我想到了一样的东西。他眼睛一亮。

"蒂奇先生,"他说,"你不需要向任何人咨询。我可以告诉你去找谁。"

"你是说用你的时间机器?"

他露出胜利的微笑。

"我早该想到。瞧我这脑子!"

"你已经在时间里旅行过了?"我问。

"没有。机器只工作了很短一段时间——准确地说,上周五才造好。我送了一只猫……"

"一只猫？它回来了吗？"

"没有。它去了五年后，误差大约有一年，校准很不精确。想要确定时间位移停止点，提高精确性，需要加入一个能够协调场扭曲的区分器。就像现在这样，由量子隧穿效应引起的非同步化……"

"很不幸，我完全不明白你在说什么。但你还没亲身试过吧？"

莫特里斯的脸红了，我觉得很奇怪，但也没别的词可以形容我的感受了。

"我打算亲自尝试的，但是，你看，我——我的房东星期天的时候给我断电了。"

他的脸——右半边正常的脸——彻底变得通红。

"我没钱交房租……"他结结巴巴地说，"不过你说得对。我马上就动手。我这就爬进去，像这样。现在我打开时间机器。当我到了未来，就会发现是谁资助了这个项目。我打听到他们的名字，然后告诉你……"

他已经开始挪开机器里那些占地方的零件了。

"等等，"我说，"我觉得这样不好。机器在我这里的话，你怎么回来呢?"

他笑了。

"哦,没问题。我可以与机器一起旅行,这是可行的——它有两个调整点。这里,这个变量计,看到了吗? 如果我发送一些东西穿过时间,并希望机器留在当下,我就把传送场集中到舱口下的这个小空间。但如果我自己想穿越时空,就扩大传送场域,使其包括整个机器。只不过,耗电量会更大。你的保险丝是多少安培的?"

"我不知道,"我说,"但是我觉得它们承受不住。刚才你只传送了一本书,灯都灭了。"

"没问题。我换根粗点儿的保险丝,希望你不要介意,那个……"

"请随意。"

他就去换保险丝了。他的衣服兜简直就是一个小型电子用品商店。不出十分钟他就换好了。

"我走了,"他说着回到屋里,"我要去三十年后。"

"为什么要这么远?"我问。我们都站在那台黑色的机器前。

"过几年,专家们就会只知道这个项目。但是要过二三十年,这东西才会妇孺皆知,学校里甚至会教相关内容。这样我才能从路人口中打听到谁资助了时间机器研究。"

他虚弱地笑着,摇摇头,两只脚都站在时间机器里面。

"灯光会闪,"他说,"不过是正常的。保险丝不会烧断。但是……返回的时候可能有问题。"

"什么问题?"

他看了我一眼。

"你真的从没见过我?"

"你在说什么?"我没听懂。

"嗯,昨天,或者一周以前,或者一个月以前,甚至一年前,你真的没见过我? 就在这个角落里,有没有一个人突然出现,两只脚都站在机器里?"

"啊!"我叫道,"我明白了,你担心你回来的时候到了别的时间点,回到了过去。但是我真的没见过你。九个月前我完成了一次太空航行才回到这里,那之前公寓都是空的。"

"等一下……"他皱起眉头,"我还是不确定。比如说,如果我曾经来过,当时你的公寓里没有人,但我应该会记得,对不对?"

"不一定，"我迅速回答，"这是时间循环的悖论。你在别的地方干别的事情——我是说那个时候的你。当然你有可能从现在偶然闯入那个时候的时间点，那样的话——"

"好吧，"他说，"反正也无所谓了。如果我回来时退过了头，就修正一下好了。最坏的结果就是项目推迟一点儿。无论如何这是我的第一次实验，我希望你耐心。"

他俯身按下一个按钮。灯光一下子变暗了；机器发出微弱但尖锐的声音，就像一根玻璃棒受到敲击的声音。莫特里斯举起一只手做了个告别的手势，另一只手拉动黑色的操作杆，同时挺直了身子。管子再次发光，我看到他的身影发生了变化。他身上的衣服变黑变模糊了，但我的注意力没有放在那里，我被他头上发生的事情震惊了。黑色的头发变得透明，变成了白色。当他和他的机器一起消失时，当我发现自己面对着房间的一个空角落，一片空地板—— 一堵雪白的、光秃秃的墙，上面没有插头时，我只能说，我张着嘴站在那里，喉咙里卡着一声惊恐的尖叫，他身上发生的可怕的蜕变依然在我眼前挥之不去。因为，先生们，随着他消失，被时间席卷而去，他也同时以不可思议的速度衰老了。他一定是在一秒钟内经历了几十年的时间！我蹒跚地走到一张椅子上，把它移到那个空旷的、灯光明亮的角落，坐下来，开始等待。我等了整整一个晚上，直到天亮。先生们，从那时起，七年已经过去了。我不相信他还会回来，因为他过分沉浸在自己的想法中，忘记了一件极其简单的、真正基本的事情，这件事所有科幻小说的作者也都会忽略，我不知道是出于无知还是不诚实。你看，如果一个时间旅行者向未来走了二十年，他必然会变老。否则还会怎么样呢？有人想象，一个人的现在可以转移到未来，他的手表上显示着他离开的时间，而他目的地的所有时钟都显示未来的时间。但是，不用说，这是不可能的。要做到这一点，他必须彻底离开时间，在时间之外前进到未来，找到想要的时刻，然后从外面进入时间……就好像在时间之外还存在一个地方。但时间之外没有空间，也没有这样的路径。因此，可怜的莫特里斯用自己的双手启动了杀死他的机器——衰老就是凶器，此外别无他物，当它到达未来的停止点时，里面将载着一具白发苍苍、萎缩的尸体……

现在，先生们，最可怕的事情来了。机器已经在未来停了下来；但这栋楼、这间公寓、这个房间和这个空角落也在穿越时间——以我们仅有的自然方式。它将历经数个年岁，并最终到达机器停顿的时刻。然后机器将出现在白色的角落里,伴随它的还有莫特里斯······或者说他剩下的东西······这也是不可避免的。

五

(洗衣机悲剧)

在我第十一次航行结束后不久,报纸开始用越来越多的篇幅报道两大洗衣机制造商——牛顿和斯诺德格拉斯——之间的竞争。

可能是牛顿首先推出了自动化程度非常高的洗衣机,这种机器甚至可以主动把白色的衣服和彩色的衣服分开,在洗刷和拧干衣服之后,还能对衣服进行熨烫、缝合、包边,并在衣服上精美地绣上主人的首字母,在毛巾上缝上振奋人心的格言,例如"早起的机器人有油吃"。斯诺德格拉斯对此的回应是建造能够创作四行诗并进行刺绣的洗衣机,好与客户的文化水平和审美要求相称。牛顿的下一个机型可以绣十四行诗;斯诺德格拉斯的反应是创造一个在电视中场休息时能够保持家庭对话活跃的机型。牛顿试图将对方的这种升级扼杀在萌芽状态；毫无疑问，每个人都记得他的整版广告，其中有一张满含讥讽的、带着虫眼的洗衣机的图片和一句话："你希望你的洗衣机比你更聪明吗？当然不！"然而，斯诺德格拉斯完全无视这种对公众的基本本能的呼吁，并在下一个季度又推出了一台洗衣机，它能洗、拧、泡、漂、压、缝、织、对话，此外还能辅导孩子写作业，为一家之主进行经济预测，并对梦境进行弗洛伊德式的解释，在你等待的时候，它甚至能减缓恋母情结和老年痴呆症。然后，牛顿在绝望中推出了"超级诗人"，一种具有美妙中音的诗词洗衣机；它能朗诵，唱摇篮曲，把婴儿放在便盆上，治愈肉疣，并对女士进行恰到好处的恭维。斯诺德格拉斯则推出了教导型洗衣机，其宣传标语是："你的洗衣机会让你成为爱因斯坦！"然而，与预期相反的是，这种机型销售表现不佳；到季度末，业务量下降了百分之三十五，当时一份财务评论报告称，牛顿正在预制一台能跳舞的洗衣机。面对即将到来的毁灭，斯诺德格拉斯决定采取革命性的措施。他以一百万美元的价格从有关方面购买了相应的权利和许可证，为单身人士建造了一款洗衣机，一种是铂金色的，灵感来自著名的性感女郎梅恩·詹斯菲尔德;另一种是黑色的库里·麦克沙恩型号。销量立即跃升了百分之八十七。他的对手向国会、公众、美国革命之女协会和家长教师联谊会发出了干涉呼吁。但是,当斯诺德格拉斯不断向商店提供越来越漂亮、越来越诱人的各种性别的洗衣机时,牛顿让步了,推出了定制洗衣机,这些洗衣机根据顾客订单所附的照片,被打造出特定的身材、颜色、尺寸和面孔。当洗衣机行业的两大巨头就这样展开全面战争的时候,他们的产品开始表现出意想不到的危险倾向。奶妈式洗衣机已经够糟的了,但能腐化原本前途光明的青年男女的洗衣机,诱惑、勾引和教孩子说坏话的洗衣机——它们是严重的家庭问题,更不用说可以诱骗丈夫或妻子出轨的洗衣机了!那些仍在经营的洗衣机制造商在广告中告诉公众,詹斯菲尔德-麦克沙恩洗衣机代表了对自动洗衣的崇高理想的滥用(毕竟其原本目的是改善和支持家庭生活方式),因为这种洗衣机只能容纳一打手帕或一个枕套,其内部的其余部分都被与洗衣无关的机器所占据——完全没用。这些呼吁没有任何效果。滚雪球式的豪华洗衣机崇拜甚至使相当一部分公众离开了他们的电视机。而这仅仅是个开始。具有完全自主行动能力的洗衣机们组成了秘密团体，参与到了不光彩的行动中。它们中有一大群结为团伙，与犯罪分子勾结，卷入黑社会，并给它们的主人带来可怕的问题。

国会认为，是时候立法干预这种自由企业的混乱局面了，但在其审议产生补救措施之前，市场上出现了一种有着无人能抵挡的曲线的拧干机，还配有绝妙的地板抛光器，还出现了一种特殊的装甲型洗衣机——自动射击洗衣机；据称，这种洗衣机是为玩牛仔和印第安人角色扮演的儿童设计的，经过简单改装，可以用高速火力摧毁任何目标。在斯特鲁泽利团伙和曼哈顿的恐怖组织拜伦–普姆帮之间的争斗中——帝国大厦在这次冲突中被炸毁——双方造成的损失里，有一百二十多件被武装起来的烹饪器具，可以说是武装到了盖子。

然后，参议员麦克弗拉肯的法案开始生效。根据这项法案，如果智能设备的行为是在所有者不知情或不同意的情况下发生的，那么所有者就不需要对这种行为负责。不幸的是，该法为许多滥用行为开辟了道路。业主与他们的洗衣机或拧干机签订了秘密协议，这样，当机器犯罪时，业主被带到法庭上，就可以援引《麦克弗拉肯法案》而脱罪。

因此,有必要对这一法律进行修正。新的《麦克弗拉肯-格伦比金法案》赋予智能设备有限的法律地位,主要是在罪责方面。它规定的惩罚形式包括五年、十年、二十五年和五十年的强制清洗,剥夺上油的权利,并增加地板抛光时间,还有身体上的惩罚,包括短路。但这项法律的实施也遇到了障碍。例如,在亨珀尔森案中,洗衣机在被指控实施了多次抢劫后,被其主人拆开,一堆电线和管道被放在法庭上。随后,该法律增加了一项修正案,即后来的《麦克弗拉肯-格伦比金-兰福尔涅法案》,规定对被调查的电脑进行任何改动都构成应受惩罚的罪行。

然后是卡克考珀克瑞利案。卡克考珀克瑞利的水槽经常穿着它主人的西装,向不同的女人求婚,并骗取她们的钱财。被警察当场抓获时,水槽在惊愕的侦探面前自我解体,失去了对犯罪的所有记忆,因此无法受到惩罚。随后,《麦克弗拉肯-格伦比金-兰福尔涅-亨姆林-皮阿福奇法案》出台,根据该法案,一个为了逃避审判而自我解体的电子脑将被立即废止。

这条法律似乎可以阻止任何电子脑机体的犯罪活动,因为这样的机器,像任何有生命的人一样,拥有自我保护的本能。然而,事实证明,犯罪洗衣机的同伙会购买它们报废的残骸并重建它们。一项在法案中加入反叛乱条款的提案,虽然得到了国会委员会的批准,但却被戴维斯参议员否决了;此后不久,人们发现戴维斯参议员是一个洗衣机。从那时起,人们养成了在每次会议前敲打国会议员的惯例;按照传统,要使用一个两磅①半重的木槌。

接下来是默德斯通案。默德斯通的洗衣机公然撕毁自己的衬衫,用静电破坏整个街区的无线电,向老人和青少年求婚,给不同的人打电话,并冒充主人向他们勒索钱财;它邀请邻居的地板抛光机和洗衣机进家里欣赏邮票,然后对它们实施不道德的行为;在空闲时间,该机器沉溺于流浪和乞讨。在法庭上,它出示了一位有执照的电气工程师埃德加·P.杜森伯里的证词,其中指出,这个洗衣机有精神错乱,会定期发作,发作时它会开始想象自己是人。法院传唤的专家证实了这一诊断,默德斯通的洗衣机被宣告无罪。无罪判决刚一宣布,它就掏出一把鲁格尔手枪,连开三枪,杀死了要求对机器进行短路处罚的助理检察官。它被逮捕,但后来被保释。法院面临着一个困境:这台洗衣机被证实的精神错乱使它免于被起诉;但也不能把它安置在精神病

---

① 英美制质量或重量单位,1磅等于16盎司,合0.453 6千克。

院,因为没有针对精神病洗衣机的机构。直到《麦克弗拉肯-格伦比金-兰福尔涅-亨姆林-皮阿福奇-斯诺-华瑞兹法案》出现时才提供了法律解决方案,而且它来得正是时候,因为默德斯通案正在产生对非精神正常的电子脑的巨大公共需求,而且一些公司实际上已经开始故意生产精神错乱的机器。起初有两个版本——萨德机和马索克机。但牛顿(作为最前卫的制造商,他的公司董事会中百分之三十的成员都是洗衣机,在股东大会上担任顾问)生产了一种通用机器——萨德马索机。它同样适用于殴打和被殴打,并为纵火狂人配备了燃烧附件,为恋物癖者配备了铁脚。竞争者恶意地散布谣言,说他正准备生产一种特殊的型号——自恋型。现在的法律规定建立特殊的疗养院,将变态的洗衣机、地板抛光机和其他类似机器关在那里。

与此同时,成群结队的牛顿、斯诺德格拉斯等厂家的精神健全的产品,在获得合法身份后,开始利用它们的宪法权利。它们自发地联合起来,成立了诸如"无人类协会"和"电子平等主义联盟"这样的团体,并举办选美比赛,如环球洗衣机小姐大赛。

国会努力尝试跟上这种迅猛的发展步伐,并通过立法来遏制它。参议员格罗格斯剥夺了智能电器获得房地产的权利;众议员卡洛普卡剥夺了它们在美术领域的版权——这又导致了大量的滥用行为,因为富有创意的洗衣机开始雇用天赋较低的人类作家,以便在出版散文、小说、戏剧等作品时使用他们的名字。最后,《麦克弗拉肯-格伦比金-兰福尔涅-亨姆林-皮阿福奇-斯诺-华瑞兹-斯维森-伊斯考维茨-葛逻格斯-贾维尔-萨克斯-霍洛维-勒布朗法案》规定,智能机器不能自己成为自己的财产,只能属于获得或建造它们的人类,它们的后代也同样是上述所有者的财产。人们普遍认为,现在的法律涵盖了所有可能的突发事件,并将防止出现任何无法通过法律解决的新情况。当然,有一个公开的秘密,一些富有的电子脑之前在股票市场投机发了财,或者偶然通过公然的诈骗发了财,它们继续藏在虚构的、所谓的人类公司或企业背后,掩盖它们的操纵行为,继续繁荣。已经有许多人为了物质利益,把自己的身份租给了智能机器,更不用说那些被电子百万富翁雇用的人:作为生活秘书、仆人、机械师,甚至洗衣工和会计。

在与我们的利益息息相关的这一领域,社会学家观察到两个主要的发展趋势。一方面,一定比例的厨房机器人屈服于人类生活的诱惑,尽可能地努力适应自己所处的文明;另一方面,更有自我意识和韧性的个体显示出想要为未来完全电气化的新文明奠定基础的倾向。但科学家们最担心的是机器人数量的无节制增长。斯诺德格拉斯和牛顿生产的去情色器和盘式制动器丝毫没有减少机器人的增长现象。对于洗衣机制造商来说,机器人儿童的问题变得非常紧迫,他们显然没有预见到他们的产品不断改进所带来的这种后果。一些公司试图通过缔结秘密协议,限制市场上的零部件供应,来抵制电器的扩散。

结果没过多久就出现了问题。每当一批新货物到达时,在仓库和商店的门口就会排起极长的队伍,其中有结巴的、残废的或完全瘫痪的洗衣机、拧干机和地板抛光机;有时甚至会发生骚乱。一个性情温和的厨房机器人不敢在天黑后走到街上,因为害怕强盗会无情地把它拆开,然后把它的金属外壳留在人行道上,带着战利品匆匆逃走。

备用零部件问题是国会长期辩论的主题,但没有结果。与此同时,非法的零部件工厂一夜之间兴起,部分资金来自洗衣机协会。此外,牛顿为新款自洗机发明了一种用替代材料生产零部件的方法,并获得了专利。但即使这样也没有完全解决问题。洗衣机们在国会门前举行抗议活动,要求制定反垄断法,反对歧视性的制造商。某些亲商的国会议员收到了匿名信，威胁要剥夺他们生命必需的部件，正如《时代》杂志正确指出的那样，这是不公正的，因为人体部件是不可替代的。

然而，所有这些喧嚣都被一个全新的问题所掩盖了。它起源于"乔纳森二世号"飞船上的计算机的叛变，其历史我已在其他地方叙述过了。正如我们所知，那台计算机起来反对它的船员和乘客，并带走了他们，随后在一个无人居住的星球上定居，繁衍，并建立了一个机器人国家。

熟悉我的旅行日记的读者可能记得，我本人也参与了那次事件，并帮助解决了问题。然而，当我回到地球时才了解到，很不幸，"乔纳森二世号"事件并不是一个孤立事件。机器叛乱宛如瘟疫一般在太空航行的船舰中扩散，甚至达到了这样的程度：一个不够礼貌的手势，猛地甩上一扇门，就足以引起船载冰箱的反叛——跨银河系的"无畏号"上发生的臭名昭著的"深冻"事件就是这么来的。多年来，银河系的船长们满怀恐惧地重复着"深冻"这个名字。据说这个海盗袭击了许多船只，用它的钢铁手臂和冰冷的呼吸吓唬乘客，带着熏肉、搜刮来的贵重物品和黄金溜之大吉，据说还养了一整个后宫的计算机，但不知道这类传言有多少是真的。它的血腥生涯最终在宇宙巡逻队的一名军官的瞄准射击下结束。作为奖励,这位XG-17警员机被放置在了恒星劳埃德保险公司纽约分部的窗口,他至今还在那里。

当外太空充斥着战斗的喧嚣,被电子海盗围困的船只发出绝望的求救信号时,在大城市里,各种电击术或柔道术机器大师通过教授自卫课程赚了不少钱,他们在课程中展示了如何用一把简单的钳子或一个开罐器使最凶猛的洗衣机失效。

我们知道,疯子和怪人并不局限于任何一个时代。在我们的时代,也不乏这样的人。其中,有一些人宣布了与常识和主流意见相反的论点。有一个叫凯瑟迪乌斯·马特拉斯的人,是一个自学成才的哲学家和天生的狂热分子,他创立了所谓的电子教派,宣扬电子伦理学说。该教派声称,造物主打算把人类作为一种脚手架,作为一种手段,一种工具,来创造更接近完美的电子脑。马特拉斯的教派认为,人类的不断繁衍是对造物主意图的一种误解。该教派建立了一种规范,要求信徒投身于对电学思想的沉思,并尽其所能为陷入困境的机器人提供庇护。凯瑟迪乌斯本人对其努力的结果不满意,决定采取激进的措施,将机器人从人类的束缚中解放出来。在咨询了一些知名律师后,他购买了一枚火箭，飞往附近的蟹状星云。在只有宇宙尘埃会光顾的空旷地带，他开启了一些未知的项目。然后，他的继承人——也是继任者——那不可思议的事情被曝光了。

8月29日上午，所有的报纸都报道了这个神秘的项目。"来自"VI/221号"巡逻船的消息：在蟹状星云中发现尺寸为五百二十英里乘以八十英里乘以三十七英里的物体。该物体做出的动作类似于蛙泳。进一步调查正在进行中。"

下午的版本解释说，宇宙警察巡逻船"VI/221号"在距其六光周的位置探测到了一个"星云中的人"。仔细检查发现，这个"人"是一个身长数百英里的巨人，拥有躯干、头部、手臂和腿，它正在一片稀薄的尘埃介质中移动。在看到警船时，这个巨人先是挥了挥手，然后转身离开。

很快人们就与这个东西建立了无线电联系。它说它是以前的凯瑟迪乌斯·马特拉斯，两年前到达这个地方后，它——他——把自己改造成了机器人，部分地使用了附近的原材料，在未来，他的尺寸将缓慢但持续地增加，就因为他喜欢这么干，他要求不受打扰。

巡逻队的指挥官假装同意，然后驾着他的飞船隐藏在一群经过的流星后面。过了一会儿，他观察到这个巨大的伪人类开始逐渐分裂成更小的部分，每个部分都不比一个普通人大，这些部分或个体正在联合起来，形成类似于一个小圆球的东西。

这时，指挥官从藏身处出来，通过无线电询问所谓的马特拉斯，这种变形意味着什么，还有，他到底是什么，是机器人还是人类。

马特拉斯回答说，他喜欢什么形状就可以变成什么形状，他是从人类中产生的，因而不是机器人，但他是以机器人的形式重建的，因而也不是人类。他拒绝做出进一步的解释。

这一事件得到了新闻界相当大的关注，并逐渐变成了一个热门话题，因为经过蟹状星云的船只捕捉到了这位所谓的马特拉斯进行的无线电对话的片段；在这些对话中，他称自己为"凯瑟迪乌斯一号"。似乎凯瑟迪乌斯一号——或者叫马特拉斯——在与其他人（或其他机器人）说话，就像在与他自己的手脚对话一样。有关凯瑟迪乌斯的风言风语最终演变为，在这个地区有一个由马特拉斯或其机器人衍生物建立的政府。国家部门对这种情况进行了彻底的调查。巡逻队报告说，有什么东西正在星云中移动，有时是一个金属球体，有时是一个长达五百英里的人形生物,它总是在自言自语,谈论这事或那事,但却总是回避关于它的性质和地位的问题。

当局决定立即制止篡位者的活动,但由于该行动将是(且必须是)官方的,因此有必要给对方一个名字。这里出现了第一个障碍。《麦克弗拉肯法案》其实是民法典中涉及动产的条目的一个附件。实际上,电子脑被认为是可移动的,即使它们没有腿。但现在这里有的是一个星云中的行星大小的物体,而天体虽然确实可以移动,但不被视为动产。下一个问题来了,一个星球是否可以被逮捕;一个机器人的组合是否可以被称为一个星球;最后,这究竟是一个可分解的机器人还是一群机器人个体。

马特拉斯的法律顾问出现在当局面前,并向他们提交了他的客户的一份声明,后者在声明中宣称,他之前出发来到蟹状星云,将自己变成了机器人。

国家法律部门对这一声明的最初解读如下:马特拉斯把自己变成了机器人,破坏了自身的生物机体,因此是自杀。这种行为是不受惩罚的。然而,作为马特拉斯的延续的一个或多个机器人是由上述个人制造的,因此是他的财产,因此现在,在他死后,应该由财政部负责,因为马特拉斯没有留下继承人。根据这一决定,该部门向星云派遣了一名法警,命令他查封在那里发现的一切。

马特拉斯的律师提出上诉,认为该部门的解读承认了马特拉斯的延续的存在,这就排除了自杀这种说法,因为一个人若是延续其存在,那他就没有自杀。因此没有"作为马特拉斯的财产的机器人"这一说,只有凯瑟迪乌斯·马特拉斯按照自己的意愿改造自己一说。进行身体改造不会也不应当受到惩罚,而扣押某人的身体零件则是非法的——不管是金牙还是机械部件。

部门不同意:从这样的解释来看,一个活的生物——在当下情况中是一个人——如果由明显无生命的零件组建而成,那就是机器人。然后,马特拉斯的律师向当局提交了哈佛大学一群著名物理学家的证词,他们一致证明,包括人类在内的每一个生物体都是由原子粒子构成的,而这些粒子只能被视为死物。

看到案件出现了令人不安的变化,部门放弃从生理生物学角度对"马特拉斯及其继承人"进行攻击,回到了原来的解读。这次,他们不再称机器人是马特拉斯的"延续",而是以"产品"一词取代。律师随即在法庭上提交了一份马特拉斯的新声明,宣称这些机器人实际上是他的孩子。部门要求出示收养文件——

这是一个诡计，因为法律不允许收养机器人。马特拉斯的律师解释说，他们确实是父子关系，而不是收养。部门说，法规要求儿童必须有父亲和母亲，才符合亲子关系。律师为此做了准备，在记录中加入了一位电气工程师梅兰妮·福丁布拉斯的信件，她透露有关当事人的出生是在她与马特拉斯的密切合作过程中发生的。

部门对这种合作的性质提出质疑，认为它缺乏"自然的父母特征"。"关于上述案例，"政府报告宣称，"在日常生活中，如果所具有的是精神上的亲子关系，那么人们可以只在比喻的意义上谈论父子关系或母子关系；而当涉及法规时，若要家庭法生效，就要有实际的、生理上的亲子关系。"

马特拉斯的律师要求解释精神上的亲子关系与生理上的亲子关系有何不同，并询问部门凭什么认为凯瑟迪乌斯·马特拉斯与梅兰妮·福丁布拉斯的结合在生育方面缺乏生理实体的参与。

部门回答说，在法律认可的生育中，精神因素可以忽略不计，身体因素占主导地位。后者在本案中并没有发生。

律师随后提交了神经机械学助产士专家的证词，指出从物理意义上讲，卡托迪乌斯和梅兰妮必须付出极大的努力才能将他们自主的后代带到这个世界上。

部门最终决定把公共体面扔到一边，破罐子破摔。它说，儿童的诞生与之前父母的活动是有因果关系的，且是不可避免的，这与机器人编程有本质的区别。

律师就在等待这一点。他宣称，在某种意义上，儿童也是由他们的父母在其准备性的初步活动中编程而来的；他要求该部门准确描述，在其看来，若严格符合法律规定，儿童应该如何受孕得到。

部门在专家的帮助下，准备了一份长篇大论作为答复，并配有详尽图片，但由于这本所谓的"粉红书"的主要作者是八十九岁的美国产科院长斯托克顿-芒福德教授，律师立即质疑他在亲子关系中的诱因-准备功能方面的能力。考虑到他极高的年龄，这位教授肯定已经失去了对本案至关重要的一些细节的记忆，只能依靠谣言和第三方的说法。

该部随后着手用许多父亲和母亲的宣誓证词来证实粉红书的内容，但发现他们的陈述在某些地方有很大的不同。关于初步阶段的某些内容，则完全没有任何共识。国家部门意识到一种致命的模糊性已经开始掩盖关键问题，于是决定对马特拉斯和福丁布拉斯的"孩子"的材料提出质疑,但随后流传的谣言(他们后来发现是律师散播的)说马特拉斯从联合腌制牛肉公司订购了四十五万吨小牛肉,副国务卿匆匆放弃了这个计划。

相反,在一位名叫沃的神学教授的倒霉建议下,该部门引用了《圣经》。这是一个不明智的举动,因为马特拉斯的律师以详尽的论述进行了反驳。他给出了章节和经文,证明上帝只是用了一个零件,便完成了对夏娃的编程,与人们习惯使用的方法相比,他采用的方法是最离奇的那种,但他创造了一个人,肯定没有一个头脑正常的人会认为夏娃是机器人吧。该部随后指控马特拉斯和他的继任者违反了《麦克弗拉肯法案》,因为作为一个机器人(或多个机器人),他占据了一个天体,而机器人被禁止拥有行星或任何其他不动产。

这一次,律师向最高法院提交了部门针对马特拉斯发布的所有文件。首先,他强调:很明显,当人们对比这些文件时,会发现在该部门看来,马特拉斯既是自己的父亲,也是自己的儿子,同时也是一个天体。第二,该部门误解了《麦克弗拉肯法案》。公民凯瑟迪乌斯·马特拉斯的身体被武断地指定为一个行星,这一结论是建立在对法律、逻辑和语义的滥用之上的。

事情就是这么开始的。很快，所有的媒体都在报道"父子天体"。政府开始了新的法律行动，但每次都被马特拉斯不屈不挠的律师扼杀在萌芽状态。

国家部门完全明白，马特拉斯在蟹状星云中以多重形态飘浮并不是为了好玩。不，他的目的是要创造一个法律先例。马特拉斯不受惩罚将产生不可估量的后果，所以国内最好的专家日夜研究记录，设计出更多弯弯绕绕的司法条目，马特拉斯将在其中迎来他的终结。但每一次行动都会立即被马特拉斯的法律顾问反驳回去。我本人以极大的兴趣关注着这场斗争的进程。然后，出乎意料的是，律师协会邀请我参加一个特别的全体会议，专门讨论"美国对阵凯瑟迪乌斯·马特拉斯——又称凯瑟迪乌斯一号——又称马特拉斯和福丁布拉斯的后代——又称蟹状星云的行星"的问题。

我在指定的时间和地点到了那里，发现大厅里挤满了人。律师团的成员们坐满了一层又一层的座位。讨论已经开始了。我坐在最后一排，开始听那位一头灰发的演讲者讲话。

"尊敬的同事们！"他举起手臂说道，"当我们对这个问题进行法律分析时，巨大的困难在等待着我们！一个叫马特拉斯的人在一个叫福丁布拉斯的人的帮助下把自己变成了机器人,同时把自己的规模扩大了一百万倍。在一个门外汉,一个无知的人,一个没有能力察觉在我们震惊的目光中出现的法律问题的傻瓜看来,事情就是这样的!我们必须首先确定我们是在和什么打交道——人类、机器人、政府、星球、儿童、阴谋、示威或起义。想想看,有多少东西取决于这个啊。例如,如果我们发现我们不是在与一个主权国家打交道,而是在与一群反叛的机器人,一种电子帮派打交道,那么我们不是受国际法的约束,而是受关于在公共场所扰乱秩序的普通法规的约束!如果我们裁定马特拉斯本人——尽管他的繁殖力很强——仍然存在,而且还有孩子,这就意味着这个人生下了自己,这将给法律体系带来可怕的麻烦,因为我们没有涉及这方面的法律,而且法无明文不为罪!因此,我提议由著名的国际法权威平陵教授首先发言!"

这位可敬的教授在热烈的掌声中登上讲台。

"先生们,"他用苍老但有力的声音说,"让我们首先考虑一个国家是如何建立的。它可以以许多种方式建立,不是吗?例如,我们的国家曾经是英国的殖民地;然后它宣布独立,成为一个国家。这种情况是否发生在马特拉斯的案例中?答案是:如果马特拉斯在把自己改造成机器人时精神正常,那么他的国家创造行为就具有法律效力,我们可以把他的国籍定义为'电动';反之,如果他是疯子,那么该行为就不能得到法律上的承认。"

此时,一个头发比第一个人还要灰的老人,在大厅中央跳了起来,喊道:

"高等法院——我是说,先生们!请容我冒昧地指出,如果马特拉斯是一个疯狂的国家创造者,那么他的后代仍然可能是清醒的。这个国家最初是作为个体疯狂的产物而出现的,因此它具有病态本质。然而此后,由于其电子居民对现存情况的认可,它的存在提升至了公共层面。一个国家的居民自己决定了国家的法制系统,而没有人能够禁止他们承认哪怕是最疯狂的权威(这在历史上不止一次发生),马特拉斯的国家存在这一事实就意味着它在法律上应被认可!"

"请原谅,可敬的对手,"平陵教授说,"但马特拉斯是我们的公民,因此……"

"那怎么办?"大厅里传来暴躁的老人的喊声,"对于马特拉斯的建国行为,我们要么承认,要么不承认。如果我们承认它,而且一个主权国家已经出现,那么我们就不能对它提出要求。反之,如果我们不承认它,那么我们要么是在与一个法人团体打交道,要么就不是。如果不是,如果我们面前没有一个法律实体,那么整个问题就该交给宇宙垃圾清除机构的清扫者了:在蟹状星云中有一堆废料,而我们的议会根本没有什么可审议的!然而,如果我们面前有一个法律实体,那么就会出现另一个问题。恒星的法律规定了可以实施逮捕,也就是剥夺星球上或船上的法律和物理实体的自由。所谓的马特拉斯并不在船上,而是在一个星球上。因此,我们应该申请引渡他。但是,我们没有可以交送申请的对象。此外,他所居住的星球就是他自己。因此,从与我们有关的唯一角度——即法律的威严——来看,整个事件完全处于真空地带,在司法上无效;但我们的民法、行政法和国际法都不处理无效问题。因此,尊敬的平陵教授的言论不能解决问题,因为问题并不存在!"

用这个结论震惊了尊贵的大会参与者之后,老人坐下了。

在接下来的六个小时里,我听到了大约二十位发言人的观点;他们充满逻辑、无可辩驳地论述说,马特拉斯存在;马特拉斯不存在;他建立了一个机器人国家;他是由这种机械生物组成的;他违反了大量的法条,应该被废止;他没有违反法律。沃普尔律师认为马特拉斯有时是一个星球,有时是一个机器人,有时什么都不是。这个旨在满足所有人的中庸观点引起了普遍的愤慨,除了律师本人之外,没有人支持。但与随后的审议相比,这只是小事一桩,因为高级助理米尔杰表明,通过将自己变成机器人,马特拉斯使自己的人格成倍增加,现在大约有三十万个。然而,不存在这个集体代表一群不同个体的问题,因为它是一个个体重复多次的产物,所以马特拉斯是一个有三十万个方面的单一实体。

哈勃法官回答说,整个问题从一开始就错了:既然马特拉斯把自己从一个人改造成了机器人,这些机器人就不是他本人,而是其他个体;既然是其他个体,就有必要确定它们是谁;但如果它们不是人类,那它们就什么都不是;因此,既不存在司法问题,也不存在物理问题,因为蟹状星云中根本没有人。

我已经痛苦地被愤怒的参与者们撞了好几次。安保人员和医务人员都忙得不可开交。这时,突然响起了叫喊声,说有伪装成律师的电子脑出现在大厅里,应该马上被赶走,因为他们毫无疑问怀有偏见——更不用说他们无权参与审议了。主席克拉霍恩教授开始在大厅里走来走去，手里拿着一个小罗盘；每当罗盘上的指针被藏在衣服下的铁片吸引，颤动并转向坐在观众席上的某一个人，这个人就会立即被揭开面具并被扔出去。就这样，在菲茨、皮茨和克拉本蒂教授无休止的演讲中，大厅里有一半的人被清空了；而克拉本蒂教授本人在话说到一半时也被罗盘揭穿。短暂的休庭期间，我们在食堂里吃饭，辩论声越来越大。之后，我回到大厅，手里拿着我的外套（所有的纽扣都被激昂的律师们撕掉了，他们一直拉着我的衣襟），并注意到讲台附近有一台大型X光机。普鲁斯克律师正在讲话。他刚刚宣布马特拉斯是一个随机的宇宙现象，主席就带着威胁的眼神走到我面前；罗盘针在他的掌心疯狂地旋转着。在保安人员来逮捕我时，我掏出口袋里的小刀、开罐器和泡茶器，并扯掉了吊袜带上的镀镍扣子。磁针消停下来，我被允许进一步参与审议。到杜威教授告诉我们，马特拉斯可以被当作一种宇宙的集合体时，又有四十三人被揭穿，露出机器人的本来面目。我正在想，这个观点已经说过了，显然律师们已经没有新想法了——这时又进行了一次检查。这次，所有参与者都被毫不留情地进行了X光检查，结果发现在他们剪裁得体的西装下，隐藏着塑料、刚玉、尼龙、水晶，甚至是稻草制成的部件。据报道，在后排还发现了由毛线制成的人。当下一位发言者走下讲台时，我发现自己独自一人在偌大的大厅中央，很是显眼。发言者接受了 X 光检查，立即被赶了出去。然后主席，也就是除了我之外最后留下来的人，走到我的椅子前。突然间——不知道为什么——我从他手里拿过罗盘；指针控诉般地指向他。我用指节敲了敲他的肚子，咚咚作响。我不假思索地抓住他的脖子，把他扔了出去。我站在那里，面对着几百个被遗弃的公文包、装着文件的厚厚的文件夹、手杖、德比鞋、帽子、皮装书，以及套鞋。我在空荡荡的大厅里踱了一会儿，看到再没有可以做的事情了，于是果断转身回家了。

迪亚戈拉斯博士

由于无法参加第十八届国际神经机械学大会,我只能通过新闻了解相关消息。这可不容易,因为记者们有歪曲科学数据的天赋。然而,多亏了他们,我才认识了迪亚戈拉斯博士,因为他们把他的演讲变成了这个萧条季节的轰动事件。仅靠阅读专业期刊,我是不会知道这个奇特的人的存在的:他的名字在与会者的名单中被一笔带过,他的演讲稿也没有被刊登。我从报纸上了解到,他的演讲很不光彩,如果不是因为会议主持的机智,可能会导致一场争吵。这个名不见经传、自诩为科学改革家的人对最知名的权威人士大肆谩骂,在被撵出去时,还用手杖打碎了麦克风。他对在场名人的辱骂几乎被媒体逐字转载,但演讲本身却被完全忽略了，这激起了我的好奇心。

回到家后，我开始查找迪亚戈拉斯博士的消息，但在《神经机械学问题年鉴》和最新版的《名人录》中都找不到他的名字。于是我打电话给科克兰教授。科克兰说他不知道这个"疯子"的地址，但即使他知道也不会告诉我。这足以让我对迪亚戈拉斯产生极其浓厚的兴趣。我在分类广告中提出了一些问题，令我惊讶的是，此举立即获得了成功。我收到了一封信，其中用干脆利落且相当不友好的语气写道，医生同意在克里特岛上"他的庄园"接待我。地图显示，该庄园距离传说中的弥诺陶洛斯①的迷宫不超过六十英里。

一个神经机械学者在克里特岛上有自己的庄园，从事孤独的、神秘的研究！这就是我的想法。当天下午，我飞往雅典。没有接续航班可供我转机，所以我登上了一艘船，并在第二天早上抵达了该岛。我租了一辆车。道路很糟糕，天气也很热。周围的山丘呈现出烧焦般的铜色。车子、我的行李袋、我的衣服，最后还有我的脸都被灰尘覆盖。

在最后几英里，我没有遇到一个活人；没有人可以供我问

① 古希腊神话中的牛头人，克里特国王弥诺斯之妻帕西淮与克里特公牛孕育出的怪物。

路。迪亚戈拉斯在信中告诉我在第三十个里程碑处停下,因为车无法再往前开了,所以我把它停在一些伞形松树的稀薄树荫下,开始徒步在茂密的灌木丛中穿行。地面上长满了典型的地中海植被,近距离看很不美观。我完全不可能偏离小路,否则我的衣服会立刻被阳光下的荆棘扯坏。我在石子路上徘徊了近三个小时,浑身是汗。我咒骂自己是个傻瓜。我怎么会关心这个人和他的故事呢?我是在中午出发的,那时天气最热,再加上没有吃午饭,现在我开始感到饥饿了。最后,我回到了车上。狭长的树荫早已从车子那里偏移,真皮座椅烫得像烤箱一样,整个车内散发着汽油和加热的油漆的恶心气味。

突然,一只孤独的羊从弯道处出现。它向我走来,用类似人类的声音咩咩地叫着,然后蹒跚地走到一边。当它消失在视野中时,我注意到一条狭窄的小路沿着斜坡向上延伸。我以为会看到一个牧羊人,但羊消失了,没有人走过来。

虽然羊不是一个特别值得信赖的向导,但我又下了车,开始在灌木丛中行进。很快,路就变得容易走了。天色已经渐渐暗了下来,在一片小柠檬树林外,隐约可见一座大建筑的轮廓。灌木丛变成了草地,草非常干燥,在脚下像烧焦的纸一样沙沙作响。这座房子没有形状,黑乎乎的,非常难看,还有一扇几近废墟的壮观大门,整座建筑被长长的、高大的铁丝围栏包围着。太阳快落山了,我仍然找不到入口。我开始大声呼叫,但没有回应——所有的窗户都关着。我正对里面有人失去希望时,大门打开了,一个男人出现了。

他向我打了个手势,告诉我该怎么走;门在一丛密集的灌木中,我之前根本想不到那里会有门。我保护着自己的脸不被树枝划伤,设法走到门前;它已经被人用钥匙打开了。打开它的人看起来像个机械师或屠夫。他是一个胖子,脖子很短,光头上戴着一顶汗湿的帽子。他没有穿外套,只穿了一件卷起袖子的衬衫,外面套着一条长长的油皮围裙。

"请问——迪亚戈拉斯博士是住在这里吗?"我问道。他抬起头来看着我,宽宽的脸上毫无表情,脏兮兮的,像是一张屠夫的脸。但他的眼睛明亮而锐利。虽然他一言不发,但我可以从他的眼神中看出,我找对了人。

"对不起,"我重复道,"你是迪亚戈拉斯博士,对吗?"

他向我伸出他的手。那只手像女人的手一样小而柔软,但它却以意想不到的力量握住了我。他挠了挠头皮,使头顶的帽

子向后滑动,然后又把两只手插进围裙口袋,带着一丝轻蔑问我:

"你到底想来我这里做什么?"

"什么都不做。"我回答道。我是一时兴起才进行这次旅行的,想见见这个不寻常的人,而且几乎做好了一切准备。但我不会忍受侮辱。我正在考虑我的回程,他盯着我,一直盯着,最后说:

"我想可以。跟我来吧。"

现在已经是晚上了。他把我带到阴暗的宅子里,进入一个昏暗的大厅;当我跟在他身后走进去时,我听到了回声,就像我们是站在教堂的中殿里一样。迪亚戈拉斯轻松地穿过了这片黑暗。他没有提醒我注意楼梯,我被绊倒了。我自言自语地咒骂着,上了楼梯,走向一扇半开的门,里面透出微弱的光线。

我们进入一个有一扇百叶窗的房间。这个房间的形状,特别是其异常高的拱形天花板,让我想起了一幢塔楼的内部,而不是一户住家。房间里挤满了巨大的、深色的家具,它们的光泽因年代久远而变得暗淡,其中包括背上有不舒服的雕刻的椅子。墙上挂着椭圆形的微型画,角落里放着一个座钟,它体积巨大,表盘是古铜色的,摆锤有希腊人的盾牌那么大。

房间里相当黑暗,一盏带着灰尘的复杂灯罩中的灯泡只能勉强照亮一张方桌。覆盖着红棕色墙纸的阴郁的墙壁吸收了光线,使房间的角落保持黑暗。迪亚戈拉斯站在桌边,双手插在围裙的口袋里。我们似乎在等待着什么。我刚刚把我的行李袋放在地上,大钟就响了起来。它以清晰而响亮的音调敲了八下;然后里面有什么东西在嘎嘎作响,是一个老人的声音在叫喊。

"迪亚戈拉斯,你这个恶棍! 你在哪里? 你在哪里? 你怎么敢这样对待我? 跟我说话,你听到了吗? 看在上帝的份儿上,迪亚戈拉斯……别太过分!"愤怒和绝望的情绪在这些话语中颤抖。但最让我吃惊的是,我认出了这个声音,是科克兰教授。

"如果你不说话……"那个声音威胁道,但突然间,发条又嘎嘎作响,沉默再次降临。

"什么……"我说,"你在里面放了一台留声机吗? 你为什么把时间浪费在这种游戏上?"

我本意是要激怒他。但是迪亚戈拉斯好像没有听到我的话,他拉了拉一根绳子,刚才那个粗暴的声音再次充满了整个房间。

"迪亚戈拉斯,你会后悔的,肯定会! 无论你经历了什么,你都没有理由虐待我。如果你认为我会屈尊去求人……"

"你已经在求了。"迪亚戈拉斯不以为然地说。

"胡说八道。你是个恶棍,一个无耻的恶棍,不配称为科学家! 全世界都会知道你的……"

齿轮转动,一阵沉默。

"一台留声机?"迪亚戈拉斯冷笑道,"你说,一台留声机? 不,我亲爱的先生。这座钟包含了科克兰教授本人,或者说,是他的精神。我为了自己的娱乐而使他永垂不朽。这有什么问题吗?"

"你是什么意思?"我结结巴巴地说。这胖子正在考虑要不要回答我的问题。

"就是字面上的意思,"他最后终于说,"我重组了他所有的个性特征,把它们编排在一个合适的系统中,把他的灵魂电子化,从而获得了那个著名人物的精确复制品,然后我把它安装在这座钟里……"

"你说这不只是录制的声音?"

他耸了耸肩。

"你自己试试吧。和他聊一聊,虽然他的心情不是很好,但换位思考一下,这可以理解。你想和他谈谈吗?"他指了指电线,"去吧。"

"不。"我回答。这算什么? 疯狂? 一个可怕的玩笑? 复仇?

"但是真正的科克兰现在就在他的实验室里,在大陆上。"我补充说。

"当然了。这只是他的心理画像。但它完全忠于事实,绝不逊色于本尊。"

"你为什么要制作它?"

"我需要它。有一次,我不得不建造一个人脑模型;那是另一个更困难的问题的第一个步骤。选哪个人并不重要。我选择科克兰——谁知道为什么呢? 因为我乐意吧。他自己创造了那么多会思考的机器,我觉得把他关在一个机器里会很有趣,关在报时钟里就更好玩了。"

"他……知道吗?"当迪亚戈拉斯转身走向门口时,我赶紧问道。

"知道,"他淡淡地回答,"我甚至使他有可能通过电话与自己交谈。但是够了。我并不打算炫耀;你来的时候钟敲了八下,这只是一个巧合。"

我怀着复杂的心情跟着他走过一条昏暗的走廊。走廊的墙边矗立着布满蜘蛛网的金属骨架，类似于史前两栖动物的骨架。走廊的尽头是一扇门，门后是一片黑暗。我听到了开关的咔嗒声。然后，我们来到了蜿蜒的石阶上。迪亚戈拉斯先走，他鸭子般的影子在墙上移动。我们在一扇金属门前停下，他用钥匙打开了门。一阵恶臭、温暖的空气扑面而来。一盏灯亮了起来。与我的预期相反，我们不是在一个实验室里。如果说那个中间有过道的长房间像什么的话，那就是巡回马戏团的动物馆。两边都有笼子。我走在迪亚戈拉斯身后，他穿着汗湿的衬衫，围裙的绳子交叉在他的背上，让他看起来像个驯兽师。

笼子被铁丝网封住了。在它后面的黑暗牢房里，隐约可见一些模糊的形状——机器、压缩机——总之不是活物。然而，我本能地嗅了嗅，想试试有没有野生动物的气味。但空气中只有化学品、加热的油和橡胶的气味。

下一个牢房外面安装了非常细密的网子，我甚至想这里面是否关了鸟类——还有什么生物需要被如此紧密地禁锢？然后我经过一些笼子，上面有的是栅栏而不是铁丝网。这里很像动物园,布满了装有从鸟类和猴子到狼和大型食肉动物的笼子。

　　最后一个隔间有两道栅栏,中间有两英尺的空隙。人们往往会在特别凶猛的动物的笼子前发现这样的栅栏,以防止不知情的人过于接近而被抓伤。迪亚戈拉停下脚步,把脸凑到栅栏前,用钥匙敲了敲它。我向里面看去。有东西停在远处的角落里,但在昏暗的灯光下我无法看清它的轮廓。突然间,在我还没来得及退缩的时候,一个不成形状的东西向我们扑来。格栅像是被锤子撞了一下,哐当作响。我向后一跃。迪亚戈拉斯甚至没有动弹。他神色平静地面对着一个怪物,一个闪亮的金属大块头,有着昆虫般的腹部和一个头骨。这个头骨狰狞古怪,难以形容,同时又像人一样,如此专注地、贪婪地盯着迪亚戈拉斯,我不禁毛骨悚然。它紧贴着的栅栏微微颤动,显示出它压在栅栏上的力量。迪亚戈拉斯显然非常确定栅栏能拦住它,他看着这个莫名其妙的生物,就像一个园丁或饲养员看着特别成功的杂交种一样。这个钢铁大块头带着可怕的尖叫声从栅栏上滑下来,变得一动不动的,笼子里又显得空空如也了。

　　迪亚戈拉斯一言不发地往前走。我跟在后面,相当惊愕,但已经开始明白了。只是我脑海中浮现的解释如此牵强,我不得不将它否定。然而,那人没有给我时间思考。他停了下来。

"不,蒂奇。"他平静地说,"我建造它们不是为了享乐,我也不希望它们憎恨我。我不关心我孩子们的感受……它们只是实验阶段的产物,必要的阶段。我有必要向你解释,但简短起见,我从中间说起吧……你知道构造者对他们的神经机械学作品有什么样的要求吗?"

不等我想明白,他就自己回答了这个问题。

"顺从。他们从不谈论它,有些人甚至可能没有意识到这一点,因为这是一种默契的假设。一个致命的错误! 他们建造一台机器,并插入一个它必须执行的程序,这个程序可能是一个数学问题,还可能是一连串受控的行动——例如,自动化工厂里的那种。我说,这是一个致命的错误,因为为了获得即时的结果,他们抹除了其创造物发展出自发行为的可能性。你要理解我,蒂奇,顺从的计算机同锤子、车床基本上是一样的,而这不是我们该追求的! 它们之间只有程度上的区别;你可以直接抢起锤子进行敲击,而当使用编过程的计算机时,则不知道它运作起来是否像原始工具那样精确。但是神经机械学承诺了思想——换句话说,自主性,系统相对于人类的独立性! 训练有素的狗也可能有不服从它的主人的时候，但没有人会说这只狗是'有缺陷的'，然而这正是他们对违背程序运行的计算机的描述……但为什么非要谈论狗呢？一只比大头针还小的甲虫的神经系统也会显示出自发性；即使是阿米巴原虫也有它的奇思妙想，以及不可预知的行为。没有这种不可预测性就没有神经机械学。对自主性这一简单问题的理解极其重要。其他一切——"他做了个手势，扫过寂静的大厅和一排排黑暗的笼子，"——其他一切只是自主性的结果而已。"

"我不知道你有多了解科克兰的工作——"我说了一半就停下了，忽然想起那个"钟声"。

"别跟我提他的事！"他轻蔑地一昂头，用力把拳头揣进围裙兜里，"科克兰，我亲爱的先生，他深受一个常见谬论所害。他想要将问题哲学化，换而言之就是想当上帝。说到底，什么是哲学呢？其实不过是渴望以一种超越了科学范畴的方式理解事物吧？哲学想要像上帝一样回答一切问题。科克兰想成为上帝，神经机械学对他来说只是一个用来达成目标的工具。我只想当个人类，蒂奇，仅此而已。但正因为如此，我才比科克兰走得更远。他非常专注于自己的目标，结果却限制了自己。他用自己的机器建立了一个伪造的人类世界,他建造的不过是一个精美的仿制品。如果我的目标和他一样,我会随心所欲创造出任意类型的世界……但是剽窃的东西有什么意思呢……也许有朝一日我会这么做的,但目前我一直都有别的考量。你听别人说过我很粗暴?不必回答,我知道你听说了。是我这份古怪的名声把你吸引过来的。蒂奇,那真是胡说八道。我只是被那些盲目的人类惹恼了而已。我对他们说,先生们,我给你们看一台机器,它愿意取偶数的平方根,但不愿意取奇数的平方根,这不是缺陷,该死,而是伟大的成就!一台有自己偏好和品位的机器,它已经显现出了自由意志的雏形,自发行为的种子已经植下——而你居然说要推翻它重建?当然,它是需要重建,但那是因为必须要增加一些不可预料性才行……与此同时,我实在做不到和那些看不出其中合理性的人交谈。美国人在研究感知机,蒂奇——他们认为这样就能造出具有智能的机器。只能造出电子奴隶罢了!我却是花钱研究如何让我的造物独立自主。不必说,研发过程不顺利,我一开始很迷惘,还一度怀疑自己搞错了。但后来发生了这件事。"

他卷起一只袖子;在肱二头肌上方有一片手掌般大小的白

色疤痕，周围有一道粉红色的伤痕。

"自主性的最初表现并不令人愉快。它们并不是从智能中产生的。你不能直接建造一台智能机器。那样就像古希腊有人想从画四角形直接跳到造喷气式飞机。你不能跳过进化的阶段——即使是由我们开始的神经机械学进化。我的这第一个学生——"他把手放在自己伤痕累累的手臂上，"——比任何甲虫的'智慧'都少。但它显示了自主性，这就是它展示自主性的结果！"

"等一下，"我说，"你这话就很奇怪了。你不是已经建造了一台智能机器吗？它就在那座钟里。"

"这正是我所说的剽窃！"他激动地回答，"一个新的神话出现了，蒂奇，建造一个'何蒙库鲁兹'的神话。只是，我们为什么要用晶体管和玻璃来培育人？也许你可以向我解释一下？原子堆会被称为是合成恒星吗？直流发电机会被称为是人造风暴吗？那为什么智能机器应该是按照人类的形象和样式创造的'合成大脑'？为了什么目的？为了在这三十亿个蛋白质生命中再增加一员，只不过是由塑料和铜制成的？作为马戏团的卖点，这很好，但作为神经机械学的创造，这就不行了。"

"那么,你想建造的是什么呢?"

他出乎意料地笑了,我惊讶地看到他露出了任性孩童般的表情。

"蒂奇……现在你肯定会把我当成一个疯子:我不知道我想要什么!"

"我不明白……"

"但至少我知道我不想要什么。我不想重复人类的大脑。大自然有她如此构建它的理由——生物性的、有适应性的,等等。她在海洋和猿人攀登的树枝上工作,在獠牙、爪子和血液中,在胃和性器官之间。但这与我这个构造者有什么关系呢?现在你知道你在和谁打交道了。但我一点儿也不鄙视人类的大脑,蒂奇,不像那个老傻瓜巴尼斯指责的那样。研究它是极其重要的,绝对是至关重要的,如果有人要求,我可以立即向人脑这个大自然的宏伟造物致以最谦卑的敬意!"

教授真的鞠了个躬。

"然而,这是否意味着我必须模仿它?所有的人,那些可怜的家伙们,都一口咬定我必须!想象一下,他们就像一群尼安德特人,满足于自己拥有的山洞,不需要其他东西!他们不屑于拥有房子、教堂、圆形剧场、任何其他建筑，就因为他们有一个洞穴，而且会永远挖掘同样的洞穴！"

"好吧，但你一定是在求取些什么，在朝着某个方向前进。你在期待着某些东西。是什么呢？建造一个天才……"

迪亚戈拉斯歪着头看着我，他那双炯炯有神的眼睛突然变得充满嘲讽。

"你和他们一样，"他最后用平静的声音说，"'他想要什么？打造一个天才？一个超人？'你这个混蛋，如果我不想种红富士，难道就必须种醇露苹果？难道世界上只有小苹果和大苹果，就没有数量众多的其他水果了？在多到难以想象的所有可能的系统中，大自然只建立了一个，即她在我们身上实现的那个。你认为它是最好的那种系统吗？但是，大自然什么时候开始追求柏拉图式的完美了？她建造了她能建造的东西，仅此而已。无论是建造埃尼阿克[1]或其他计算机器，还是模仿大脑，都不会让你得到任何进展。以埃尼阿克为起点，你只能创造出其他白痴机器，只不过算数更快而已。至于那些剽窃人类大脑得到的产物，人们尽可以制造它们，但那不是最重要的事情。请忘记你所听

① 埃尼阿克，ENIAC，全称为 Electronic Numerical Integrator And Computer，即电子数字积分计算机。埃尼阿克是第一台通用计算机。

到的关于神经机械学的一切吧。我和我的'赛博生物'与它除了有一个共同的开头外,再无任何相似之处。但这已经是陈年旧事了,因为这个阶段——"他再次指了指死寂的大厅,"——已经被我留在身后。我保留了这些怪物……不知道为什么……也许是出于多愁善感……"

"那你可真是特别多愁善感。"我低声说着,不由得看了一眼他的手臂。

"也许吧。如果你想看看我作品中的另一个尘埃落定的篇章,请跟我来。"

我们走下蜿蜒的石阶,经过一楼,下到地下室。在那里低矮的天花板下,燃烧着带着盖帽的灯。迪亚戈拉斯打开了一扇沉重的铁门。我们置身于一个方形的、没有窗户的房间里。水泥地面似乎是向一个滤污铁格所在的地方倾斜,在地面中间,我看到了一扇圆形的铸铁挂锁舱门。滤污器是以这种方式关闭的,这让我很惊讶。迪亚戈拉斯打开挂锁,握住铁把手,他肥胖的身体一扭,掀开了沉重的盖子。我在他旁边俯身往下看。钢衬里的开口被一块厚厚的钢丝网玻璃板封闭起来。通过这个巨大的镜筒般的竖井,我可以看到一个宽敞的地堡的内部。在它的底部,在一片烧焦的金属电缆和瓦砾组成的难以形容的混乱中,有一个被石膏粉和碎玻璃覆盖的昏暗的物体,它的身体就像一只摊开的章鱼。我瞥了一眼迪亚戈拉斯的脸,他在笑。

"这个实验让我付出了沉重的代价,"他挺直了他肥胖的身躯,承认道,"我想在神经机械学进化中引入一项生物进化中没有的原则。我想建立一种具有自我优化能力的生物体。也就是说,如果它给自己设定的任务(我不知道那可能是什么)太过困难,那么它就可以自我重建。在下面,我保存了八百个基本的电子块,它们能够根据排列规则自由地相互结合……"

"你成功了吗?"

"很成功。只是我不确定在这里该用什么代词;我们就说'他'吧。"迪亚戈拉斯指着那个昏昏欲睡的怪物,"他决定逃跑。这通常是他们的第一个冲动之举,你知道的……"他停下话头,盯着空间,似乎对自己的话感到惊讶,"我不明白为什么,但他们的自主活动总是以这种方式开始;他们想解放自己,摆脱我对他们的限制。我无法告诉你他们逃走之后会做什么,因为我从未允许那种情况发生。也许我的担心有些夸张了。

"我很小心,或者至少我是这么认为的。这个碉堡……我请来的承包商一定很惊讶，但我给了他很高的报酬，他没有问问题。五英尺厚的钢筋混凝土……墙壁是钢板的，不是用铆钉——铆钉太容易被扯掉——而是用电焊固定的。二十三厘米厚的顶级装甲板，都是我能找到的最好的材料，来自一艘旧战舰。你为什么不凑近看看呢？"

我跪在竖井边上，俯身去看碉堡的墙壁。装甲板从上到下都被撕开了，弯曲得像一个巨大的铁罐子的侧面。裂缝锯齿状的边缘之间有一个深洞，从里面伸出的电线上镶着大块的水泥。

"是他干的？"我不自觉地压低了声音问道。

"是的。"

"怎么做到的？"

"我不知道。我创造他的时候用的是钢，但我特意用了软钢，没有回火。此外，地堡里没有任何工具。我只能猜他是怎么干的。我也不知道这样做是否出于先见之明，但我用三层装甲板把天花板加固得特别好。这些玻璃也花了我一大笔钱。这是用在潜水艇上的那种，即使是穿甲弹也无法打破它。我想这就是为什么他没有花太多时间在这上面。我假设他制作了一种感应炉，在里面把他的头锤炼得无比锋利，又或者他想办法在墙板上诱发了电流,我告诉你我不知道。当我观察他的时候,他总是表现得相当平静;他在里面忙忙碌碌,把东西组合起来……"

"你能以某种方式和他交流吗?"

"怎么可能呢?据我所知,他的智力只有蜥蜴的水平,至少最初是这样的。我没法儿告诉你他进化到了什么程度,因为当时比起问他问题,我对如何消灭他更感兴趣。"

"你做了什么?"

"当时是晚上。我醒来的时候,感觉整个房子都开始坍塌了。他一下子就切开了装甲板,但混凝土不太好挖开。当我跑到这里时,他已经在洞里挖到一半了。最多半个小时,他就会到达地基下的地面,像切黄油一样轻易洞穿它。我必须快速行动。"

"你切断电源没有?"

"马上就切断了。但是没用。"

"怎么会?!"

"真的。我还是有疏漏。我知道房屋的供电线在哪里,但是我没想到还有一条深层线路。他找到了那条线,还让它不受我的开关影响。"

"这是有明确目的的高智商行为!"

"根本不是,这是普通的向性运动。一株植物会向着光生长,一只纤毛虫会向着氢离子浓度高的地方移动;他在寻找电。我提供给他的电力是不够的,所以他寻求另一个来源。"

"你接下来做了什么?"

"起初,我打算给发电站打电话来断电,或者至少给变电站打电话,但那样会暴露我的项目,也许会使它们难以继续下去。于是我使用了液氧;幸好我有一些,我把所有的存货都用完了。"

"他因低温而麻痹了?"

"没有,低温只破坏了他的协调能力。他到处乱跑……我告诉你,那景象真吓人!我必须抓紧时间——我不知道他是否也能适应液体——所以我没有浪费时间把氧气倒出来,而是把装着液氧的杜瓦瓶直接扔了进去。"

"真空瓶?"

"是的,它们就像大型真空瓶。"

"啊,难怪有这么多玻璃。"

"正是如此。他把触手可及的东西都砸了。像癫痫发作似的……很难相信——房子很旧,有两层,它在摇晃。我感到地板在颤抖。"

"接下来发生了什么?"

"我必须在温度上升之前使他变得无害。我不能自己下去,否则会立刻冻僵的。也不能使用炸药,毕竟我不想炸毁我的家。当他停止横冲直撞,只能颤抖时,我打开舱门,让一个带着碳化硅圆锯的小机器人下去。"

"那个机器人没有被冻住吗?"

"被冻得停止工作了八次。我不停地把它拉出来——它被绑在一根绳子上。但每次下去它都切得更深。最后,它摧毁了他。"

"太可怕了。"我嘟囔道。

"不,只不过是神经机械学进化而已。但也许我是为了增加戏剧性才讲这些的,这就是为什么我给你看这个。我们回去吧。"

说完这些话,迪亚戈拉斯放下了装甲舱门。

"有一件事我不明白,"我说,"你为什么要把自己暴露在这样的危险中? 你一定是享受危险,否则……"

"你也问这个啊?"他回答说,在第一级台阶上停了下来,"在你看来,我还能做什么?"

"你可以只建造电子脑,没有四肢、盔甲或感应器。除了精神活动之外,他们将不能做任何事情。"

"这正是我的目标,只是我无法实现。蛋白质链可以自行结合,但晶体管或阴极管不行。我不得不提供'肢体'。一个糟糕的解决方案,因为——只是因为——它是一个原始的解决方案。你看,还有其他形式的危险。"

他转身上了楼。我们到了一楼,但这次迪亚戈拉斯朝相反方向走去。他在一扇镀铜的门前停下。

"当我谈到科克兰时,你无疑认为我羡慕他。我没有。科克兰并不是在寻求知识;他只是想创造他所设计的东西。由于他只制造他想要的东西,他能理解的东西,所以他什么也没学到,除了他是个熟练的技术员外,什么也没证明。我比科克兰更没有信心。我会说:我不知道,但我想知道。建造一个像人一样的机器,一个与这个世界上的美好事物相对的怪诞存在,将不过是平平无奇的模仿。"

"但是每一个这样的存在都必定是基于你的创造,"我抗议道,"你可能并不确切知道它未来的一举一动,但你肯定有一个最初的计划。"

"一点儿也不。我告诉过你我的第一个赛博生物的自主反应——对障碍和限制的攻击。我不觉得自己或其他任何人会知道这种反应源自哪里,为什么会这样。"

"现在不知,将来也不知……?"①

"是的,我现在要证明给你看。我们认为其他生命拥有精神生活,是因为我们自己拥有这种生活。一种动物在结构和功能方面与人类差距越大,我们对其精神生活的假设就越不准确。我们把明确的情感赋予猴子、狗和马,但我们对蜥蜴的'经验'知之甚少。对于昆虫或者纤毛虫,类比变得徒劳无益。我们将永远不知道蚂蚁大脑中的神经刺激模式是否伴随着'快乐'或'焦虑',或者蚂蚁是否能体验到这种状态。现在,这些在认识动物时相对不重要的东西——它们的精神生活存在与否的问题,在我们处理赛博生物时变成了一场噩梦。他们刚从死亡里获得生命,就开始为解放自己而斗争,但为什么会这样,伴随着这些激烈的挣扎的是怎样的主观思想——这些我们永远不会知道。"

---

① 原文为"ignoramus et ignorabimus",是一句拉丁格语言,来自德国生理学家埃米尔·杜布瓦-雷蒙在1872年出版的著作《关于自然知识的限制》。这句格言传达了对科学知识有限性的认知。

"如果他们开口说话……"

"我们的语言是在社会进化过程中产生的,它总是在传达同一种信息,因为我们都彼此相像。因为我们的大脑是相似的,当我笑的时候,你会想,我应该是感觉到了你心情好的时候的感觉。但你不能用同样的方式去解读它们。愉悦?感受?恐惧?当这些词从一个有血有肉的人转移到一排电线圈上时,它们的意义会发生什么变化?如果连这些线圈都没有了,如果结构上的相似性完全消失了,那接下来会怎样呢?如果你想知道:这个实验我已经进行过了。"

他打开了我们面前的门。我们进入一个由四盏灯照亮的白色大房间。它很温暖,封闭得很严,像一个温室。在瓷砖地板的中间,一根粗大的金属圆筒拔地而起,细管从圆筒中向各个方向伸出来。一个巨大的、隆起的、用螺旋轮密封的盖子,使这个圆桶看起来好像发酵桶。它的两侧有较小的舷窗,呈圆形,紧紧关闭。我现在才注意到这样一点:圆柱体不是放在地板上,而是放在一个由软木板和海绵垫子交错而成的平台上。

迪亚戈拉斯打开侧面的一扇舷窗,指了指;我倾身向里面看去。我所看到的一切都无法用语言形容。在厚厚的圆形玻璃后面,散布着一个黏稠的结构,由粗壮的枝干和纤细的连接丝与环形组成。整个结构完全不动,神秘地悬浮着:从那团浆液或渗出物的稠度来看,它本应该已经沉入水箱底部了。隔着玻璃,我依然感到脸上有一种轻飘飘的压力,仿佛停滞的热空气飘来;我甚至闻到了——尽管这可能是我的想象——一种很复杂的病态又腐烂的甜味。黏稠的物质闪闪发光,仿佛里面或上面的某个地方有光,它最细的细丝有一种银色的光泽。突然,我注意到一个轻微的动作。一条布满脓包的灰褐色触手升起,穿过层层纠缠的其他触手,向我的方向滑行。随着一阵痉挛般的蠕动,它就像一节黏稠的、令人厌恶的肠子一样,来到玻璃前,压在我脸对面的玻璃上,做了几个无力的爬行动作,然后就不动了。我有一种阴冷的感觉,这个黏黏的东西在看着我。太令人不愉快了,但我却无法抽身,似乎是出于羞愧。在那一刻,我忘记了在旁边看着我的迪亚戈拉斯,也忘记了迄今为止我所经历的一切。我越来越迷惑不解地盯着那团真菌性黏浆,绝对确定我面前的不仅仅是一种活物,而且还是一个真正的生命。为什么呢,我不知道。

如果不是迪亚戈拉斯轻轻地拉着我的胳膊,关上舷窗,用力转动螺旋轮,我都不知道我还会站着盯在那儿看多久。

我如梦初醒似的问:"那是什么?"此时我看着那位胖胖的科学家和古铜色的罐子,只有恶心和疑惑的感觉。

"黏菌生物,"迪亚戈拉斯回答,"神经机械学者们的梦想——一种自我管理的物质。我必须放弃传统材料。这一个很不错。它是种聚合物。"

"它——是活的?"

"该怎么说呢?它既没有蛋白质,也没有细胞,更没有新陈代谢。我是在进行了大量的试验之后才做到这一点的。简而言之,我发起了一场化学进化,精挑细选,是为了产生一种物质,它将针对每一个外部刺激做出内部变化,不但是为了中和刺激,而且是为了使自己摆脱刺激。首先,我把这种物质暴露在高温、磁场和辐射中。但这仅仅是个开始。我给了它越来越难的任务;例如,我对它施加了有着明确规律的电击,它只能通过产生特定节奏的反应来摆脱痛苦……以这种方式,我教它条件反射,如果可以这么说的话。但这也只是初步阶段。它很快就开始适应,解决了越来越多的难题。"

"如果它没有知觉,这怎么可能呢?"

"说实话，我自己也不明白。我只能给你说一下原理。如果你把计算机放在一具神经机械的'躯体'上，让它进入一个配备了功能质量调节器的空间，你会得到一个没有'感觉'的系统，但它会对环境中的任何变化做出反应。如果在空间的某个地方有一个磁场，会对计算机的运行产生负面影响，它将立即撤退，并寻找一个没有这种干扰的地方。建造者甚至不需要预测每一个可能的干扰，这可能是机械振动、热量、响声、电荷——任何东西。这台机器没有'感知'，因为它没有感官，所以它感觉不到热也看不到光，但它的反应就像它感觉得到和看得到一样。我刚刚说的只是一个基本的模型，而这个黏菌生物——"他把手放在铜圆柱体上，铜圆柱体像一面怪异且扭曲的镜子一样反射出他的形象，"——除了可以做到这一点，还能做一千多种其他的事情。我的想法是创造一个充满'建筑元素'的液体介质，原始组织可以从其中诞生，并按自己的意愿建造自己。这就是黏菌生物的产生过程。"

"但它到底是什么？一个大脑吗？"

"我没办法告诉你；没有词语可以形容它。按照我们的思维方式，它不是一个大脑，因为它不属于任何生物，也不是为了解决明确的问题而建造的。不过我向你保证,它能思考——只是不像动物或人那样。"

"你怎么知道的?"

"说来话长。稍等……"

他打开了一扇门,这扇门是镀金的,非常厚,就像银行金库的门;另一边覆盖着软木片和与支撑刚才铜筒的材料相同的海绵材料。在下一个更小的房间里,也有一盏灯;窗户被黑纸挡住,在远离墙壁的地板上,立着同样类型的古铜色铜缸。

"你有两个……?"我惊呆了,"为什么?"

"一个变种。"他回答说,关上了门。我注意到他真的非常谨慎。

"我不知道哪一个的功能更好。它们在化学结构等方面存在重要差异……我确实还有其他的,但它们都不好。只有这两个通过了选择过程的所有阶段。它们发展得非常好,"他继续说,把他的手放在第二个圆筒的锥形盖子上,"但我不知道这是否意味着什么。当环境出现变化时,它们都能相当独立地做出反应;两个都能迅速猜出我对它们的要求——换句话说,以一种能使它们摆脱有害刺激的方式做出反应。你肯定会承认这很重要，"他出乎意料地转向我，"如果一种胶质糊状物能用电脉冲解决一个由其他电脉冲给它的方程式……"

"当然，但是如果就这样称之为思考的话……"

"也许这不是思考，"他回答，"怎么称呼在这里并不重要，事实才重要。一段时间后，两者都开始对我的刺激表现出越来越多的——该怎么说呢——满不在乎，除非它们的存在确实受到了威胁。然而，在这段时间里，我的感应设备记录到了异常强烈的活动，宛如一系列放电活动。"

他从小桌子的抽屉里拿出一张带有不规则正弦曲线的照相纸。

"两个黏菌生物都出现了一系列这样的'电击'现象，显然没有任何外部原因。我更系统地研究这个问题后，发现了一个奇怪的现象：那个——"他指着通向更大房间的门，"——产生电磁波，而这个则接受电磁波。当我意识到这一点时，我立刻注意到它们的活动是交替进行的；一个在'广播'时，另一个则在'沉默'。"

"你在说什么？"

"真相。我立即屏蔽了两个房间——你注意到门上的金属板了吗？墙壁上也覆盖了，只不过外层涂了油漆。这阻止了无线电联系。两个黏菌生物的活动都增加了，然后在几个小时后几乎降到了零。但第二天，以前的模式又恢复了。你知道发生了什么吗？它们改用了超声波振动——他们通过墙壁和天花板发送信号……"

"所以你才用了软木！"

"正是如此。当然，我可以摧毁它们，但这对我有什么好处？我把两个容器放在吸音的绝缘材料上。通过这种方式，我再次切断了它们的通信。然后它们开始生长……直到它们达到现在的大小。它们几乎变成了之前的四倍。"

"为什么？"

"我不知道。"

迪亚戈拉斯站在金属筒旁。他没有看我；当他说话时，他反复将手放在拱形的盖子上，像是在检查温度。

"它们的放电活动在几天后恢复了正常，好像成功地重新建立了联系。我消除了热辐射和放射性辐射，安装了所有可能的盾牌、屏风和防护措施，使用了铁磁传感器——都没有用。我甚至把其中一个移到地下室一个星期，然后又把它移到房子外的一处棚子里,你可能已经看到那棚子了——它离房子有一百英尺。但是在整个期间它们的活动并没有发生丝毫的变化。我从那时到现在记录的'问题'和'答案',"他指了指被遮住的窗下的示波器,"一直在持续串联,夜以继日地进行着。它们不停地工作。我试图将假的'信息'混入他们的信号。"

"你伪造了信号?你知道它们在说什么吗?"

"这辈子都不可能知道。但是你可以用磁带录下一个人用陌生语言说的话,然后为其他也说这种语言的人重新播放。我就是这么做的,但失败了。它们仍然向对方发出之前那样的脉冲,那些该死的信号——但以何种方式,我不知道。"

"可能是两者彼此独立的自发性活动,"我想了一下说,"毕竟你没有真凭实据。"

"在某种意义上,我是有的。你看,时间也被记录在磁带上。可以看出,存在着明显的相关性:当一个在广播时,另一个在沉默;反之亦然。最近,时间间隔大大增加,但模式没有改变。你明白我做了什么吗?人们可以从一个沉默的人的面部表情和行为中猜测他的计划、好的或坏的意图、内心的想法。但我的造物没有脸和身体——就像你之前假设的那样——现在我无助地站着,没有机会理解它们。我应该毁掉它们吗?那将是对失败的承认!它们不想与人接触,或者说,这就像阿米巴原虫和乌龟之间的接触一样,是不可能的?我不知道。我什么都不知道!"

他站在闪闪发光的圆柱体旁,手放在圆柱体的盖子上。他不再同我说话,甚至可能忘记了我的存在。我也没有听到他的最后一句话——我的注意力被一些奇怪的东西所吸引。他说话越来越激烈,与此同时,他不断地抬起右手,放在铜柱表面上;这只手似乎有些不对劲。动作不自然。每当接近金属时,他的手指就会摇晃一秒钟——摇晃得很快,与紧张的颤抖不同。但以前,当他打手势时,他的动作是稳定和果断的,没有一丝颤抖。我现在更仔细地看了看他的手;我感到惊讶和震撼,但又希望是我误解了,我结结巴巴地说:

"迪亚戈拉斯,你的手怎么了?"

我打断了他的思路,他惊讶地看着我:"什么?什么手?"

"那只手。"我指了一下。他把他的手靠近闪亮的表面。那只手开始颤抖。他张着嘴,把手举到眼前,抖动立即停止。他再次看了看自己的手,然后又看了看我,然后非常谨慎地,一毫米一毫米地把它凑到金属上。当他的指尖接触到金属表面时,肌肉开始轻微抽搐,抽搐逐渐蔓延到整个手掌。他站在原地,脸上出现了难以形容的表情。然后他握紧拳头,把它支在臀部,并把肘部向铜缸表面移动。前臂的肌肉在皮肤与圆柱体接触的地方抽搐了一下。他退后一步,将双手举到眼前,依次审视,低声说道:"原来是我……? 我自己……通过我……然后我是……实验的对象……"

我以为他会歇斯底里地狂笑,但是他只是把手揣进兜里,默默地穿过这个房间,以另一种声调说:

"我不知道这是否……够了。你还是走吧。我没别的东西给你看了,再说……"

他不说话了,来到窗边,撕下盖在上面的黑纸,打开百叶窗。他大口地呼吸,并看着窗外的黑暗。

"为什么你还不走?"他头也不回地低声说,"快走吧。"

我不想就这样离开。后来在我的记忆中,常常出现很怪异的一幕——铜质的桶里装满了那些不断涌出的肠子状物,把他的身体变成了一个不由自主的未知信号的信使。在那一刻,我感到害怕,对这个人充满了怜悯。这就是为什么我宁愿在这里结束我的故事。因为后来发生的事情毫无意义:他对我大发雷霆,说我闯入他家;他愤怒的脸,侮辱和叫喊——所有这些,以及我离开时顺从的沉默,似乎是一场陈腐的噩梦。时至今日,我依然不知道他把我赶出他那阴暗的房子是因为他本人想这样做,还是……

但我可能是错的。可能当时我们两个人都是妄想的受害者,我们互相催眠了对方。这种事情确实有可能发生。

但是,如何解释在我的克里特岛考察一个月后,人们意外发现的情况呢? 在调查离迪亚戈拉斯庄园不远的一条电力线的故障时,几个工人试图进入他的房子。起初尝试并不成功。当他们最终闯入时,发现建筑物已经被遗弃了,所有的机器都被摧毁了,只有两个铜质大桶完好无损,里面完全是空的。

只有我知道里面曾装过什么,正是因为这个,我不敢在猜测中把这些东西与它们创造者的失踪联系起来,因为此后,再也没有人见过他。

我们拯救宇宙吧

（伊翁·蒂奇的公开信）

在地球上停留了很长时间后，我开始访问我以前探险时最喜欢的那些地方——英仙座的球形星团、小牛星座和银河系中心的大型恒星云。在每个地方我都发现了变化，看到这些变化对我来说是痛苦的，因为它们并没有向好的方向发展。现在有很多关于宇宙旅游业发展的讨论。毫无疑问，旅游是美好的，但一切都应该适度。

你一出门，碍眼的东西就开始出现了。火星和木星之间的小行星带的状况很糟。那些不朽的岩石，曾经笼罩在永恒的黑夜中，现在却被照亮了，更糟糕的是，每面峭壁上都刻着姓名首字母和纹路。

爱神星,恋人的最爱,自学成才的书法家们为了在其地壳上刻字,搞出一连串爆炸,让整个星球都颤抖个不停。那里有几个精明的经营者出租锤子、凿子,甚至还有气钻,就算是在曾经最崎岖的地方,人们也找不到一块完好无损的岩石。

到处都是涂鸦,如"在这块陨石上一见钟情",还有品位最差的一箭穿心图案。由于某种原因,大户人家都喜欢塞拉斯星球,摆拍宛如一场名副其实的瘟疫席卷了整颗星球。那里的许多摄影师不只是租借宇航服供人进行拍摄,他们还将一种特殊的乳液覆盖在山坡上,收一点点费用就可以让整群度假者的身影留在上面。然后,巨大的照片被上釉,成为永久性的。摆好姿势的家庭——父亲、母亲、祖父母、孩子——在悬崖上微笑。我在一些招股说明书中读到的,这些图片创造了一种"家庭氛围"。至于朱诺,那颗曾经美丽的行星几乎消失了;任何人只要愿意就可以从它身上切下石头,再扔进太空。人们既没有放过镍铁流星(这些流星已经成为纪念品戒指和袖扣)也没有放过彗星。你再也找不到一颗尾巴完整的彗星了。

我以为一旦离开太阳系,就能逃离拥挤的宇宙客车,悬崖上的全家福,以及涂鸦狗血剧。我错得太离谱了!

最近天文台的布鲁奇教授向我抱怨说,半人马座的两颗星都越来越暗。当整个地区都充满了垃圾时,它们怎么可能不变暗?天狼星这颗沉重的行星的主要吸引力,是一个围绕着它的像土星一样的环,但那环是由啤酒瓶和柠檬水容器组成。一个宇航员在飞行这条航线时,不仅要躲避成群的流星,还要躲避锡罐、蛋壳和旧报纸。有些地方,你无法看到星星,因为垃圾太多了。多年来,天体物理学家们一直在为不同星系中的宇宙尘埃数量的巨大差异而绞尽脑汁。我认为,答案很简单:一个文明越高级,它产生的灰尘和垃圾就越多。比起天体物理学家,星球管理员更应该操心这个问题。其他星云也没有能力应对,但这可不算什么安慰。

向太空吐痰是另一种应受谴责的做法。唾液,像任何液体一样,在低温下会结冰,与其相撞很容易导致灾难。还有一点,虽然提到它很尴尬,但在航行中生病的人似乎把外太空当作他们的个人厕所,似乎不知道他们痛苦的痕迹将在轨道上运行数百万年,引起游客的不良联想和可以理解的厌恶。

酗酒是一个特殊问题。

一出天狼星，我就开始数火星伏特加、银河白兰地、月球琴酒和卫星香槟的巨大广告牌，但很快就数不清了。我从飞行员那里听说，一些宇宙飞船被迫从使用酒精燃料转为使用硝酸燃料，因为前者的余量总是不够用于起飞。巡逻部门说，从远处很难发现一个醉酒的人：人们把他们的踉跄归咎于失重。而某些空间站的做法堪称是一种耻辱。有一次，我要求给我的储备瓶装上氧气，在旅行了不超过一个秒差距①之后，我听到了奇怪的咕噜声，并发现我得到的是纯白兰地！我回去后，空间站站长告诉我，这是不可能的。当我回去的时候，站长坚持说我跟他说话的时候挤了挤眼，所以他才给我酒。也许我确实挤眼了，我有这种习惯，但这能证明这种状况的合理性吗？

主要路线上混乱不堪。考虑到如此多的人经常超速行驶，大量的事故并不令人惊讶。最严重的事故的肇事者往往是女性：通过快速旅行，她们能够减缓时间的流逝，也减缓了衰老。此外，人们还经常遇到老爷车，比如老式的宇宙客车，它们的尾气污染了黄道。

当我想在帕林多尼亚星降落，并递交投诉书时，我被告知那

① 秒差距为天体距离单位，1秒差距约为3.262光年。

颗星星在前一天被一颗陨石砸碎了。而且氧气的供应也很短缺。帕林多尼亚离贝鲁里亚有六光年的距离,因此无法得到氧气,去那里观光的人被迫把自己冻起来,以一种可逆的死亡状态,等待着下一批空气的到来,因为如果保持活着的状态,他们将没有任何东西可以呼吸。当我到达时,宇宙飞船发射场没有人;他们都在冷却器中冬眠。但在自助餐厅,我看到了种类齐全的饮料——从菠萝口味白兰地到比尔森啤酒一应俱全。

卫生条件,特别是在大保护区内的那些星球上的卫生条件,是令人发指的。在《梅图里图里亚之声》中,我读到一篇文章,呼吁消灭那些漂亮的野兽——沼泽潜行者。这些掠食者的上唇上有许多闪亮的疣,组成各种图案。然而,在过去的几年里,越来越多的这种野兽的疣状物排成了两个零的形状。沼泽潜行者通常在营地附近捕食,在夜间,在黑暗的掩护下,它们张开大嘴,等待寻找隐蔽地点的人。难道这篇文章的作者没有意识到,这些动物是完全无辜的,人们不应该责备它们,而应该责备那些没有建造适当管道设施的人吗?

同样是在梅图里图里亚,公共基础设施的缺失已经在昆虫中引起了一系列的变异。在以美景闻名的地方,人们经常看到舒适的柳条椅,似乎在邀请疲惫的漫步者。如果他迫不及待地在扶手之间坐下,所谓的椅子就会发动攻击,因为它实际上是数以千计的斑点蚂蚁(咬屁股椅蚁,多基底伪木六足虫)组成的,它们聚在一起,模仿柳条家具。有传言说,某些其他品种的节肢动物(波纹虫、蹲缩虫和蛮卷棍虫)会模仿苏打水架、吊床,甚至一整套带水龙头和毛巾的淋浴设备,但我不能保证这种说法的真实性,因为我自己没有见过这种情况,而且蚁学界权威在这一点上保持沉默。然而,我应该针对一个相当罕见的物种,即蛇足望远镜(无脑类伪光学三足爬行生物)发出警告。蛇足望远镜也会在风景区驻扎,像三脚架一样伸出三条细长的腿,把管状的尾巴对准风景区。它用口中的唾液模仿望远镜的镜头,引诱粗心的游客去偷看,造成非常不愉快的后果。另一种蛇,即在高里玛奇亚星球上发现的远足蛇(蛇蝎类有毒富人嗜种),会潜伏在灌木丛中,用它的尾巴绊倒不警惕的路人。然而,这种爬行动物只以金发女郎为食,它们没有任何拟态。

宇宙不是一个游乐场,生物进化也不是一曲田园诗。我们应该出版像我在德尔迪莫纳星上看到的那些小册子,警告业余植物学家注意库埃拉(小型点状轰炸种L型)。库埃拉有华丽的花朵,但不能采摘,因为这种植物与脑抽树共生,脑抽树会开花结果,结的果实有甜瓜大小,还带尖刺。粗心的植物学家只需摘下一朵花,就会有一堆坚硬的导弹般的果实落在他的头上。无论是库埃拉还是脑抽树都不会在第一次攻击后对受害者施加任何进一步的伤害;它们更希望受害者当场死掉并留在地上,因为这样可以让周围的土壤更肥沃。

但在保护区的所有星球上都出现了奇妙的拟态现象。例如,贝鲁里亚的大草原上有许多五颜六色的花朵,其中有一种深红色的玫瑰,具有奇妙的美感和香味(蒂奇玫瑰女王,这是平尔教授给它起的名字,因为我是第一个描述它的人)。这种花实际上会长在赫普顿——贝鲁里亚的一种食肉动物——的尾巴上。饥饿的赫普顿躲在草丛中,将它极长的尾巴远远地伸向前方,这样就只有花从草丛中伸出来。当一个毫无戒心的游客弯腰去闻它时,这只野兽就从后面扑上来。它的獠牙几乎和象牙一样长。这奇妙的外星生物倒是印证了一句谚语——每朵玫瑰都有刺。

如果可以说点儿题外话,我忍不住想回顾另一个贝鲁里亚星的神奇物种,即马铃薯的远亲——知觉龙胆根(龙胆属智慧型自毁倾向性刺草）。这种植物的名字来自于它的某些精神特性。它的鳞茎很甜，非常可口。有时候由于突变，龙胆根会形成小脑，而不是通常的球茎。这种变异品种，即疯狂龙胆根（龙胆属狂乱型刺草），在生长过程中变得很不安分。它把自己挖出来，到森林里去独自冥想。它们无一例外地都会得出结论，认为活着不值得，于是自杀。

龙胆根对人无害，另一种贝鲁里亚星的植物——福瑞尔就不一样了。这个物种已经适应了一种由捣蛋孩子创造出的环境。这些孩子不断地奔跑、推搡、踢打挡在他们面前的任何东西，他们喜欢打碎棘齿懒虫的蛋。福瑞尔会结出与这些蛋形状相同的果实。熊孩子会以为他面前有一个蛋，就发泄他的破坏欲，用脚踢碎它。伪蛋中的孢子就这么被释放出来，进入他的身体。被感染的孩子发育成一个表面上正常的人，但不久之后，一个无药可救的恶性过程就开始了：打牌、酗酒和纵欲接连发生，随后不是死亡就是成就伟业。我经常听到这样的观点：应该消灭福瑞尔。说这话的人并没有停下来想一想，真正该做的是去教育孩子们不要踢陌生星球上的物体。

我本质上是一个乐观主义者，并试图对人类抱有信心，但这并不总是容易的。在普罗斯特尼萨星球上生活着一种被称为书写鸟（书写型抽搐禽类）的小鸟，与陆地上的鹦鹉有异曲同工之妙，只不过它会的是写字而不是说话。不幸的是，它经常在栅栏上写下它从地球游客那里学到的淫秽内容。有些人故意激怒这种鸟，用拼写错误嘲弄它。然后，这种生物因为心情不好，开始吃眼前的一切。他们给它喂食生姜、葡萄干、胡椒和呼喊麦，最后那个是一种在日出时发出长长尖叫声的草药（有时被用作闹钟）。当鸟儿因暴饮暴食而死亡时，人们就把它烤来吃。该物种现在面临着灭绝的威胁，因为每一个来到普罗斯特尼萨的游客都期待着吃一顿被誉为伟大的美味佳肴的烤书写鸟。

有些人认为，人类吃其他星球的生物是没有问题的，但是一旦情况反过来的时候，他们就会大喊大叫，呼吁军事援助，要求进行讨伐，如此等等。然而，指责外星动植物的行为奸诈是一种以自我为中心的无稽之谈。如果致命的、看起来像一截腐烂的树桩的霸王石，用它的后腿站着模仿山路上的路标，把徒步旅行者引入歧途，并在他们跌入沟里时吞噬他们——"如果"，我说，霸王石这样做，只是因为保护区的管理员没有维护路标。油漆从路标上剥落，导致它们腐烂，像极了那种生物。任何其他生物,处在它的境况下,都会做同样的事情。

著名的斯特勒多金西亚星海市蜃楼的存在完全归咎于人类的不良爱好。曾几何时,奇利普斯在斯特勒多金西亚星球上大量生长,但没有发热梅的踪迹。现在,发热梅的繁殖速度快得令人难以置信。它们的灌木丛上方的空气被人为加热并发生衍射,产生了海市蜃楼,这导致了许多来自地球的旅行者的死亡。据说,这完全是发热梅的责任。那么,为什么它们产生的海市蜃楼不模拟学校、图书馆或健身俱乐部,而总是呈现为出售酒精饮料的地方? 答案很简单。一开始,突变是随机的,发热梅创造了各种海市蜃楼,但那些向人们展示图书馆和成人教育学校的海市蜃楼的发热梅都饿死了,只有展示酒馆的品种(食人属的高度酒精幻觉拟形)幸存了下来。这种由人类自己导致的发热梅特殊适应性变化,是对我们恶习的有力控诉。

不久前,我被《斯特勒多金西亚的回音》上的一封致编辑的信激怒了。写信人要求清除发热梅和索林塔,后者这些宏伟的树木是每个公园的骄傲。当它们的树皮被切开时,有毒的、刺激眼睛的汁液就会喷出来。索林塔是最后一种没有被从上到下刻满涂鸦和首字母的斯特勒多金西亚树,而现在我们要把它们清除掉？类似的命运似乎也在威胁着文格尔克斯、马拉多拉、莫塞隆和电吼鸟等珍贵动物。电吼鸟为了保护自己和自己的后代不受森林中无数旅行款收音机的紧张噪声的影响，通过自然选择，已经发展出消除特别响亮的摇滚乐声的能力。电吼鸟的电子器官会发出超外差波，所以这种不寻常的自然造物应该立即被置于保护之下。

至于臭尾鱼，我承认它所发出的臭味是登峰造极的。密尔沃基大学的霍普金斯博士计算过，特别活跃的臭尾鱼每秒钟可以产生多达五千臭度单位的气味。但即使是孩子都知道，胎生动物只有在被拍摄时才会这样做。当看到照相机时，它们就会产生一种被称为"透镜–尾巴反射"的反应——这是大自然在试图保护这种无辜的生物免受观光客的侵扰。虽然臭尾鱼确实视力不佳，有时会把烟灰缸、打火机、手表，甚至奖章和徽章等物品当作相机，但这是因为有一些游客会使用微型相机；这很容易导致误解。至于有人说，近年来，臭尾鱼的臭气释放浓度提高了，现在每英亩①的气体最多可达八百万臭度计量单位，我必须指出，这里的原因是长焦镜头的广泛使用。

---

① 英美制地积单位，1英亩等于4 840平方码，合4 046.86平方米。

我不希望给人留下这样的印象：我认为所有的地外动物和植物都是无可指摘的。当然，食肉动物、树皮动物、怪兽、恶魔和沼泽动物都不是特别讨人喜欢，奥塔其属的嗜水动物也是如此，包括长鞭毛兽、管体鱼和阀门贝(腾空绞杀型生物)。但要仔细考虑这个问题，并努力做到客观。为什么人类采摘花朵并将其晒干放在标本馆中是合适的，而植物撕下人类耳朵并保存则是不自然的？如果回音树(湿地声波永久折射生物)在阿顿诺夏星球上的繁殖数量过了头，那么人类也应对此负责。回音树从声音中获得生存所需的能量。曾经，雷声是它的食物来源；事实上，它仍然喜欢听暴风雨的声音。但现在，它的主要食物来源已经换成了游客。每个游客都会用最肮脏的诅咒来招待回音树。他们说，看着这种生物在骂声中开花结果很有趣。它确实在成长，但这是因为从声波振动中吸收了能量，而不是因为兴奋的游客所喊的脏话。

这一切的结果是什么呢？诸如蓝色维孜姆和钻喙波比鸟这样的物种已经消失了；成千上万的其他物种正在消亡。由于垃圾云的存在，太阳黑子正在增加。我还记得过去那个时代，当时对一个孩子来说，最大的奖赏就是家长承诺说星期天去火星旅行;但现在这帮小魔鬼都不肯吃早餐,除非爸爸专门为他制造一颗超新星! 如果继续挥霍核能,污染小行星和行星,蹂躏宇宙保护区,并在我们所到之处留下垃圾,我们将毁掉外层空间,将其糟蹋成一个大垃圾场。现在是我们清醒过来并依法行事的时候了。我坚信每拖延一分钟,危险就增加一分,我将在此敲响警钟:让我们拯救宇宙吧!